Née en 1958, Claudia Schreiber est journaliste pour différentes publications allemandes.
Son deuxième roman, *Les Amis d'Emma*, déjà traduit en plusieurs langues, a été adapté pour le cinéma.
Claudia Schreiber vit et travaille à Cologne.

LES AMIS D'EMMA

CLAUDIA SCHREIBER

LES AMIS D'EMMA

*Traduit de l'allemand
par Frédéric Weinmann*

NIL ÉDITIONS

Titre original :
EMMAS GLÜCK

Le Code de la propriété intellectuelle n'autorisant, aux termes de l'article L. 122-5, (2° et 3° a), d'une part, que les « copies ou reproductions strictement réservées à l'usage privé du copiste et non destinées à une utilisation collective » et, d'autre part, que les analyses et les courtes citations dans un but d'exemple et d'illustration, « toute représentation ou reproduction intégrale ou partielle faite sans le consentement de l'auteur ou de ses ayants droit ou ayants cause est illicite » (art. L. 122-4).
Cette représentation ou reproduction, par quelque procédé que ce soit, constituerait donc une contrefaçon sanctionnée par les articles L. 335-2 et suivants du Code de la propriété intellectuelle.

© Reclam Verlag, Leipzig, 2003

© Traduction française : NiL éditions, Paris, 2005

ISBN : 978-2-266-16431-7

Pour Helmut

« Emma, dis-moi la vérité :
Suis-je stupide par amour ?
Ou mon amour lui-même est-il
Le fruit de ma stupidité ?

Ah ! Chère Emma, Emma que j'aime,
En plus d'un amour fou pour toi,
De cette folie qu'est l'amour,
Je souffre aussi de ce dilemme. »

Heinrich HEINE

La chambre à coucher d'Emma était une vraie porcherie. Les vêtements regorgeaient des tiroirs et de l'armoire ; des monceaux de journaux et des piles de factures impayées servaient de tables de nuit ou de tabourets ; des moutons gros comme le poing traînaient sous le lit et restaient accrochés à des quignons de pain.

Dehors, le soleil levant teintait les champs de rouge et la rosée se déposait sur les brins d'herbe. Emma se blottit dans la couette qui la serrait comme des bras. Elle enviait ses cochons, allongés les uns contre les autres dans la paille fraîche et respirant en rythme. Quelle chance ils avaient de passer leur temps à ne rien faire ! À toute heure du jour et de la nuit, ils étaient affalés, se vautraient dans la fange, boulottaient, se grattaient la couenne avec délice contre la clôture du jardin, somnolaient côte à côte, peau contre peau. Et quand cette vie de rêve leur avait procuré une belle couche de lard, Emma leur offrait une fin magnifique : brève et sans douleur. Leur existence de cochon culminait en une divine charcuterie.

Pour Emma, il n'y avait pas de vie sur terre plus magnifique, plus simple, plus sensuelle, plus parfaite que celle d'un cochon de sa ferme.

Dès qu'elle fut levée, elle sortit de la maison pieds nus, dans sa chemise de nuit tout usée. Le coq s'avança vers elle, fier comme un officier de quart. Emma le salua et l'on aurait dit qu'il s'empressait de répondre : « Rien à signaler, tout est en ordre. » Le chat effleura les jambes de sa maîtresse dans l'attente de caresses et la suivit dans le jardin.

Tout était en fleurs. Des arbrisseaux vigoureux bordaient la palissade. Les aubergines, les poivrons, les poireaux, les tomates – tout croissait à merveille. Rien n'était mangé par les limaces ou menacé par les pucerons. Emma cueillit quelques framboises et les mit dans sa bouche. Elle se réjouit de sentir sous la plante de ses pieds la chaleur de la terre humide. Satisfaite, elle inspira une bouffée d'air estival et observa une alouette qui chantait juste au-dessus d'elle.

À l'étable, elle donna une bonne tape sur l'échine de la vache. Pour se désaltérer, elle s'allongea sous la bête et but aux pis. Le lait ne coulait pas toujours dans sa gorge, mais lui giclait sur les yeux ou dans le cou, s'infiltrant dans l'encolure de sa chemise de nuit. Après avoir étanché sa soif, Emma s'essuya les lèvres avec l'avant-bras, telle une enfant. Ensuite, elle se glissa dans le poulailler et ramassa trois œufs.

Comme chaque matin, elle alluma le téléviseur dans la cuisine et posa une poêle sur la gazinière. C'était son présentateur préféré. Il s'exclama : « Mesdames, messieurs, bonjour. » Mais elle était sûre d'avoir

entendu, sur un ton charmant et tout à fait intime :
« Bonjour Emma ! » Elle lui rendit son salut, puis se
retourna en souriant, fit cuire les œufs et coupa du pain.

À cet instant, une auto déboula dans la cour. Au
bruit caractéristique qu'elle faisait, Emma reconnut la
vieille voiture de police de Henner, une Coccinelle.
Elle frotta un coin de la vitre toute sale pour voir si
l'agent avait sa casquette sur la tête. Sans couvre-chef,
il venait avec des intentions pacifiques ; sinon il venait
l'embêter.

Henner avait sa casquette !

Tout en maugréant, Emma saisit, à côté de la gazinière, son fusil toujours chargé et elle sortit en courant,
nu-pieds, sans rien d'autre sur elle que sa culotte et sa
chemise de nuit couverte de taches de lait.

Henner se tenait devant sa voiture vert et blanc, une
grande enveloppe à la main. Il savait qu'il avait de très
mauvaises nouvelles pour Emma et il savait aussi
qu'elle le savait. C'est pourquoi il lui pardonna de
l'approcher l'arme à la main et de lui hurler :

« T'as intérêt à dégager de ma ferme, espèce de
rond-de-cuir ! »

Le pauvre Henner était pris entre deux fronts car un
cri effroyable s'éleva derrière lui. Sa mère l'avait
accompagné. Elle essayait tant bien que mal, en marche
arrière, de dégager son énorme postérieur de la Coccinelle. Encore coincée entre le siège et la portière, elle
menaçait déjà Emma :

« Mon fils est ici en tant que représentant de l'État.
Il peut porter plainte pour outrage à un agent de la
force publique. Il peut te coller au trou pour un *rond-de-cuir* ! »

Enfin sortie du véhicule, elle était maintenant campée sur ses deux jambes, enveloppée d'un nuage de fumée grise. Un bout de cigarette roulée pendait aux commissures de ses lèvres flasques, d'où s'écoulait en même temps de la salive. Elle inspira une dose de nicotine, ferma ses yeux fatigués parce que la fumée lui irritait les muqueuses et lâcha avec un regard méprisant sur la chemise de nuit maculée :

« À quoi elle ressemble, encore une fois ! »

Elle ne se rapportait pas à la chemise, mais à celle qui l'avait mise. Dans cette région, on parlait des femmes à la troisième personne.

Emma explosa. Ne sachant que faire, elle tira un coup en l'air. On aurait dit qu'il n'y avait là rien de nouveau pour Henner : il ne haussa même pas les épaules. Il supplia juste sa mère avec un air de chien battu :

« Retourne dans l'auto. Ou bien je ne t'emmènerai plus. »

Puis il s'adressa à Emma :

« Ne me complique pas la tâche, je t'en prie. »

Il agita l'enveloppe qu'il tenait dans les mains.

« Tu as trois mois, jour pour jour, à compter de demain. D'ici là, tu dois avoir débarrassé tes affaires. Tu n'as pas le droit de prendre les animaux. Ils font partie du lot qui sera mis aux enchères. »

Emma leva le poing comme si elle tenait un couteau.

« Je vais t'en donner, moi, des enchères. Celui qui me prend ma ferme, je l'abats comme un cochon. Je te le jure ! »

Henner savait qu'elle en était capable. Cette femme avait l'habitude de tuer. Désemparé, il la menaça de l'index.

« Emma, je préfère n'avoir rien entendu. »

Alors, elle pointa le canon de la carabine vers sa braguette.

« Dégage, Henner, ou bien je te les explose. »

Le policier esquissa un sourire craintif et examina la chemise de nuit humide sous laquelle saillait la poitrine nue. Il ôta sa casquette avec un air soumis et fit à Emma une nouvelle demande en mariage. Nulle part ailleurs, ses paroles n'auraient eu une chance de marcher.

« T'as qu'à enfin t'installer chez moi, andouille ! »

Emma baissa son fusil. Un sourire tendre flotta sur ses lèvres. Il avait touché son cœur.

Le gros Henner ! Il avait beau être petit et moche, faible et servile, c'était le seul qui l'eût jamais désirée. La première fois, il avait tout juste sept ans. Elle, six.

Ils n'y connaissaient pas grand-chose, tous les deux. Pourtant, il l'avait accompagnée dans un champ de maïs. C'est là qu'on faisait ça, au village. C'était même la seule raison de faire pousser du maïs dans la région. Elle avait enlevé son pantalon, s'était allongée entre deux rangées de hautes tiges et avait écarté les jambes. Henner avait regardé et... attendu.

« Maintenant, Henner, tu dois faire entrer ton zizi », lui avait-elle expliqué pour l'aider.

« Mais où ? » s'étaient-ils demandé tous les deux sans s'avouer leur ignorance. Henner avait baissé son pantalon. Son petit machin pendouillait comme un radis, tout rond et tout rouge. Emma avait alors cueilli un épi encore jeune. Elle l'avait épluché jusqu'à ce qu'il eût une taille convenable. Cela devait suffire. Alors, le gamin lui avait tapoté le derrière avec le légume. Voilà comme ils avaient fait l'amour. Ensuite, ils avaient tous les deux remis leurs pantalons. Emma avait tiré la langue et elle était partie.

Ils devinrent adultes. Mais son petit radis ne grandit pas, il resta rond et rouge. Emma finit quand même par perdre sa virginité : avec un épi de maïs mûr manipulé par Henner.

Ils s'aimaient bien, tous les deux. Ils étaient intimes depuis de nombreuses années, mais Emma n'avait jamais voulu l'épouser.

Pourtant, que se passerait-il si elle perdait sa ferme ? Ce ne serait plus pareil ! Si seulement il n'y avait pas sa mère, qui ne le lâchait pas d'une semelle, qui refusait de le partager, qui n'avait, même encore aujourd'hui, aucun scrupule à lui nettoyer la bouche avec de la salive, ce à quoi il n'osait même pas s'opposer !

Tout en regardant la vieille qui s'était rassise dans l'auto et s'était rallumé une cigarette, Emma dit à Henner d'une voix calme :

« Si elle, elle dégage, tu peux m'avoir. »

Le malheureux commença à bégayer. Emma sut aussitôt à quoi s'en tenir. Son visage s'assombrit, l'extrémité de ses lèvres se durcit. Elle releva son fusil et tira sans sommation juste à côté des pieds de Henner, une fois à droite et une fois à gauche.

Henner secoua la tête d'un air triste et déposa les papiers sur le billot maculé de sang où Emma décapitait les poules. Sans rien ajouter, il remonta dans sa Coccinelle bringuebalante et quitta la ferme.

« T'es vraiment pas un homme, espèce de petit radis ! lança Emma en direction du véhicule. À ton âge, encore avec maman... c'est quand même pas possible ! »

Mais à peine la voiture avait-elle disparu derrière les monts que la bouche d'Emma se tordit et des larmes se mirent à couler sur ses joues. Elle jeta un regard furtif sur la grande enveloppe. Elle ne l'ouvrirait pas de toute façon, elle ne lirait pas cela, elle ne voulait pas savoir ce qu'on lui communiquait dans un incompréhensible jargon administratif.

Emma soupira comme pour balayer les soucis qui l'oppressaient. Depuis deux ans, elle n'avait plus payé une facture. Le prix du bétail s'était effondré. Elle avait beau en élever et en abattre autant qu'elle voulait, ce qui suffisait auparavant à nourrir plusieurs générations en même temps ne lui permettait plus de vivre toute seule.

Un goret s'approcha d'un pas lourd et lui donna quelques coups de groin contre la jambe. Emma se mit à genoux et le prit dans ses bras. D'un geste énergique, elle frotta son visage dans les poils soyeux et rentra dans la maison avec le petit cochon.

Max se retourna dans son lit, à nouveau torturé par ses rêves. Comme au ralenti, une bouteille de vin rouge se renversait sur le tapis d'une blancheur éclatante. Il voulait la rattraper, mais il ne saisissait que du vide. Il ne saisissait jamais que du vide, et il se réveillait toujours à cet endroit. En hurlant. Car son tapis était fichu. Jamais il ne parvenait à rattraper la bouteille. Il se réveillait toujours, rempli d'angoisse, au moment pile où elle se renversait.

Ses livres étaient rangés avec soin. Intacts. Ceux qu'il lisait, il les empruntait. Il ne touchait pas à ses exemplaires personnels, il les gardait pour le cas où la bibliothèque municipale fermerait. L'idée qu'il puisse ne plus y avoir de livres qu'il ne connût pas l'effrayait. Tout ce qui risquait de toucher à sa fin lui faisait peur. Et cela ne concernait pas que les livres.

Presque tout dans cette vie, sur terre, pouvait toucher à sa fin. Les réserves d'eau par exemple. C'est pourquoi Max faisait des économies et se lavait au lavabo avec un gant de toilette. Alertée par sa faible consommation, la Société des eaux avait déjà changé deux fois son compteur. Pour ses ablutions matinales, il avait besoin d'exactement autant d'eau que pour sa cafetière électrique.

À six heures trente les jours où il travaillait, et une heure plus tard le week-end, il prenait son petit déjeuner aux chandelles en écoutant de la musique classique, après avoir mis la table comme dans un hôtel cinq étoiles, avec une serviette damassée qu'il salissait à peine.

Ses parents déjà faisaient ainsi. Ils s'accordaient ce petit luxe comme un rituel pour se rappeler chaque jour le bonheur qu'ils avaient de ne plus devoir supporter la guerre et la faim. Il n'y avait jamais de muesli sans Mozart, jamais de Vivaldi sans œufs. De cette manière, Max s'était familiarisé dès le plus jeune âge avec les cantates, préludes et symphonies – le principal était que ce ne fût pas atonal.

Il avait établi un menu fixe pour le petit déjeuner. Le lundi, le mercredi et le vendredi, c'était du pain noir avec de la faisselle et des fines herbes. Le mardi et le jeudi, des flocons d'avoine avec du yaourt nature. Le samedi, des œufs brouillés avec du lard. Le dimanche, une salade de fruits frais. Il suivait ce programme à la lettre. Cela lui simplifiait la vie.

Après le petit déjeuner, il nettoyait aussitôt le peu de vaisselle qu'il avait utilisée, l'essuyait et la rangeait dans le placard. Il remettait en place la seule chaise de la cuisine, veillant toujours à ce que le dossier fût bien parallèle au bord de la table. Après avoir fermé la porte d'entrée, il soufflait sur la poignée et la polissait avec la manche de son manteau. L'éclat du laiton le rendait heureux.

Dans une rue commerçante, Max passa devant des boutiques de vêtements, une boucherie et un magasin d'électroménager dans la vitrine duquel scintillaient une dizaine de téléviseurs différents. Il allait en consultation. Il posa la main sur la poignée du cabinet médical, qui se trouvait à côté du magasin d'électroménager. Comme on mettait du temps à lui ouvrir, il regarda les écrans dans la vitrine. Sur chacun d'entre eux, on voyait le présentateur de télématin. Max secoua la tête. Comment pouvait-on parler autant de si bonne heure ? Qui pouvait bien regarder la télévision si tôt ?

Il se retourna et suivit les piétons des yeux. Son regard s'arrêta sur le trottoir d'en face. Il y avait une terrasse. Les chaises étaient en désordre, quelques-unes étaient même renversées. Il y régnait un terrible chaos. Ce spectacle le rendit nerveux. La gâchette de la serrure se fit enfin entendre.

Le docteur Deckstein aimait travailler debout pour éviter de casser les plis de son pantalon et il croyait, la quarantaine passée, devoir sans cesse rejeter en arrière sa mèche teinte en blond.

« Comment allez-vous ?

— J'ai à nouveau fait des cauchemars. »

Le médecin feuilletait le dossier de Max.

« ... du vin rouge sur le tapis blanc. Pour moi, c'est l'enfer, vous comprenez ?

— Hum !... Nous avons reçu votre échographie du canal cholédoque. Malheureusement, la boucle du duodénum s'avère dilatée, l'estomac est compressé. La concentration urinaire de l'amylase confirme qu'il y a un obstacle majeur à l'écoulement. À ce propos, êtes-vous marié ? Vous avez des enfants ?

— Non. Je vis seul. Même mes parents, hélas, sont déjà...

— Tant mieux, c'est toujours ça. Il faut impérativement que vous alliez dans un centre antidouleur.

— Comment cela ? Mais je n'ai pas la moindre douleur !

— Voyez-vous, c'est bien cela que j'essaie de vous expliquer. Vous allez en avoir, des douleurs.

— Pardon ? Qu'est-ce que cela veut dire ?

— Vous avez – je ne peux malheureusement pas vous le cacher – un carcinome au pancréas au stade avancé.

— Je ne vous comprends pas. »

Le médecin présentait la nouvelle sous forme de quiz. On aurait dit que cela lui facilitait la tâche.

« Cancer du pancréas. Très difficile à diagnostiquer. Et quand on y arrive, c'est en général trop tard. C'est comme ça, malheureusement. »

Max était livide.

« Qu'est-ce que vous racontez ? parvint-il quand même à balbutier.

— Vos douleurs au ventre, votre perte de poids – c'est à cause de cela. Vous avez déjà des métastases dans les os. Chez vous, elles se situent surtout dans le dos.

— Et qu'est-ce que cela veut dire ?

— Que vous allez avoir de fortes douleurs. Mais ce n'est pas tout. Peut-être aurez-vous aussi les jambes gonflées, des thromboses, la jaunisse, la diarrhée en alternance avec la constipation, des nausées, des vomissements... »

Le docteur Deckstein écarta la mèche de son visage et ajouta :

« À la fin, cela fait particulièrement mal. »

Pour ce passage, le médecin s'était entraîné à prendre un air compatissant. Il tendit la main au-dessus du bureau. Max fit semblant de ne pas la voir.

« Bien..., déclara le docteur en retirant sa main. Quand cela commencera vraiment à faire mal, vous ne tiendrez pas sans assistance médicale et une bonne dose de morphine. C'est pourquoi j'insiste pour que vous alliez dans un centre antidouleur. »

Il chercha sur son bureau un formulaire de la sécu sans arrêter de papoter sur le carcinome du pancréas. Il semblait avoir tout à fait oublié qu'il y avait encore quelqu'un qui était accroché à ce pancréas assis en face de lui. Max se leva sans dire un mot et quitta le cabinet.

Le monde s'était assombri. Les dix téléviseurs dans la vitrine du magasin d'électroménager brillaient d'un éclat vif. Le présentateur dansait avec l'une de ses invitées, tournait et riait. Max le fixa, s'accrochant à cette image. Elle lui donnait le vertige. Son estomac compressé se souleva, la purée qu'il avait dans la tête se mit à valser, il vacillait. Pourtant, son visage resta impassible bien qu'il pleurât sans bruit. Ses larmes formaient comme des pellicules sur sa veste. De petites perles de sueur apparurent sur son front. Ses lèvres frémissaient. Il éprouvait une forte envie de vomir. Le présentateur continuait de danser en riant. Il fallait que Max s'en aille !

Le regard trouble, il traversa la rue d'un pas raide sans faire attention au trafic. Des voitures freinèrent. Les conducteurs klaxonnèrent et poussèrent des jurons. Max ne voyait et n'entendait rien.

Il se trouvait maintenant devant la grille en fer forgé de la terrasse du café. Il la poussa. Elle s'ouvrit. Il entra. D'un mouvement saccadé, tel un robot, il commença à remettre les chaises en place, six par table, deux dans le sens de la longueur, une à chaque extrémité. Disposées en rectangle, avec toujours la même distance entre le bord de la table et le dossier. Il agit d'abord avec calme, puis de plus en plus vite, sur un rythme plus en plus nerveux. À la fin, il courait entre les tables, relevait les chaises avec précipitation et les posait, toujours en ligne, toujours à angle droit, comme pour remettre sa vie en ordre.

En même temps, il renversait des tables, il se cognait sans s'en rendre compte. Max ne voyait pas les gens qui s'arrêtaient derrière la grille pour le regarder. Il ne sentait pas les larmes et la sueur qui coulaient.

Enfin, quelques sons sortirent de sa bouche. Au début, ce n'étaient que des gémissements de chiot. Puis il se mit à aboyer pour expulser sa rage : « Rien rien rien rien rien. Rien fait, rien vécu. »

Max n'avait personne. Jamais une femme ne s'était appuyée contre lui, jamais un enfant n'avait trouvé refuge dans ses bras. Il n'avait pas osé. Que se serait-il passé si elle l'avait abandonné ? Si elle était partie avec l'enfant ? Il était donc resté inerte et paralysé, il avait passé sa vie gentiment, bêtement assis à sa table – seul. Et maintenant, il était fini. Brisé.

Alors, poussé par le désespoir et la hargne, Max souleva la dernière chaise à deux mains, prit son élan et la brisa de toutes ses forces contre le bord d'une table. Le bois vola en éclats qui se dispersèrent.

Quand il franchit la grille en titubant, une passante piailla qu'il devait rembourser la chaise.

« Je le paierai de ma vie », murmura-t-il.

Il avait le nez qui coulait. Il leva le bras pour s'essuyer le visage dans sa manche.

« De ma vie... »

Avant la chute du Mur, la ferme d'Emma était au bout du monde. Depuis la réunification, elle se trouvait au cœur de l'Allemagne. De part et d'autre de l'ex-frontière, les gens regrettaient le rideau de fer, parce qu'à l'époque les clôtures électriques et les fusils automatiques tuaient les lapins avec une rare précision. Le matin, leurs cadavres gisaient à l'Est, sur la bande de la mort. Régulièrement, les camarades les balançaient de l'autre côté. En guise de remerciement pour ce festin dominical, les fermiers capitalistes leur jetaient des bananes enveloppées dans des bas en nylon.

On appelait cette région la Sibérie hessoise. Un nom tout à fait justifié car il fallait percer une épaisse couche de glace, comme un pêcheur russe, pour y trouver quelque chose qui ressemblât à de l'hospitalité, de la bonté ou de la tolérance. Si des étrangers y séjournaient, c'était parce qu'ils avaient eu un accident de la route. Il faut dire que les arbres magnifiques qui bordaient la nationale contribuaient à remplir les lits de l'hôpital. Personne ne s'arrêtait de plein gré, sauf les Hollandais en partance vers le Sud pour brancher leur cafetière électrique.

Les âmes les plus paisibles de la contrée se réfugiaient au bistrot. C'étaient des hommes qui passaient leurs journées penchés sur leurs bières à méditer inlassablement et à échanger des silences cordiaux. La seule mode que l'on connaissait dans le coin n'avait rien à voir avec la haute couture. Elle concernait l'alcool, qui variait au rythme des saisons. Il y avait – en accompagnement de la bière, cela va sans dire – le temps du calva, la phase du picon, le moment du rhum coca et même l'époque de la pina colada, que les femmes de la paroisse avaient rapportée d'une journée d'études à Hanovre. On ne buvait de vin qu'à l'hospice et l'on prenait pour un grand cru tout ce qui était liquoreux et visqueux comme de la gelée.

La nourriture était copieuse : on mangeait de la viande, de la charcuterie, des pommes de terre, du jambon cru et du gibier servi avec des demi-poires et des airelles. À la limite, on tolérait la salade pour faire beau, mais à condition qu'elle nage dans l'huile de tournesol et le vinaigre de vin. On cuisait les légumes jusqu'à ce qu'ils aient la même consistance que la sauce hollandaise dans laquelle on les noyait.

On se montrait généreux pour les repas de noces, les enterrements de vie de garçon, les grands anniversaires et les funérailles. En dehors de cela, la moindre visite faisait l'effet d'un hold-up. On allait en vitesse cacher la brioche toute fraîche dans le garde-manger. On planquait les beignets encore chauds sous un torchon. On mettait le jambon et le saucisson dans la boîte à pain. Si l'intrus s'obstinait, on finissait par poser sur la table des sticks salés et on lui donnait un verre de jus de framboises allongé avec de l'eau du robinet.

On ne mangeait du poisson que si l'on avait cassé son dentier. Ou quand on avait pêché quelques douzaines de truites dans les étangs du village voisin. On ne les faisait pas meunières ou poêlées, on les mangeait saurées sur du pain frais. Plusieurs fermiers avaient construit un four exprès pour fumer le poisson volé. Le leur n'avait pas tout à fait le même goût.

Dans cette région régnait le matriarcat. Les hommes faisaient l'important à la chasse, aux clubs de tir, au café, chez les pompiers et aux assemblées communales. Mais le pouvoir appartenait aux femmes. C'étaient elles qui discutaient pour savoir lequel de leurs maris serait maire ou chef de canton, quand on enverrait les gars moissonner ou qu'on irait chez C&A.

Leur insigne était la taille de leurs robes, qui commençait au 50 et pouvait sans problème aller jusqu'au 64. On les appelait des vaches, du terme « vache », « grosse femme ». La stature d'une vache se traduisait par un geste qui rappelait celui d'un prêtre au moment de l'eucharistie.

Pour entretenir une telle corpulence, il fallait de délicieuses pâtisseries maison – des gâteaux aux noisettes et à la chantilly, des génoises au kiwi, des roulés au pralin, des fondants au chocolat et aux myrtilles ou des choux à la crème. À chaque fête, on consacrait des journées entières à les préparer et à les décorer avec amour. Pour le café – avant un dîner qui comprendrait une quantité invraisemblable de pommes de terre et de viande, des légumes étouffés par la sauce et de la salade baignant dans la vinaigrette – on prévoyait un demi-gâteau par personne.

C'étaient les femmes qui géraient le ménage et donnaient l'argent de poche à leurs maris. Pourtant, ces grosses vaches étaient pour eux la seule raison de bien travailler, et un fermier dont l'épouse disparaissait trop tôt était sûr de faire faillite si en l'espace d'un an il n'en trouvait pas une autre pour le maltraiter. Dans ce cas, il avait de toute façon sa mère à nouveau sur le dos.

À quelques pas de la terrasse à peine, Max avait déjà repris contenance. Il se moucha, s'essuya la sueur du visage, se peigna, scruta l'horizon et se mit en route. Dans son âme, les lois d'urgence étaient entrées en vigueur : ce n'était plus son cerveau, mais sa moelle épinière qui avait pris les commandes. Il avait placé son corps et ses sentiments en pilotage automatique. Il ne jeta pas un regard sur le côté, il marcha droit devant lui, d'un pas martial, pendant des kilomètres.

Quelques heures plus tard, arrivé au garage, il se glissa dans son bureau en prenant garde à ce que personne ne le vît. Épuisé, il posa la tête sur la table. Ses bras pendaient inanimés et ses yeux grands ouverts fixaient le mur. S'il y avait eu un pistolet à côté de lui, on aurait pu croire qu'il s'était tiré une balle.

Max connaissait Hans, son chef et néanmoins ami, depuis l'ère prénatale. Leurs mères avaient perdu les eaux ensemble et elles avaient mis au monde en même temps deux béliers ascendant bélier. Le Soleil dans la première Maison, Mars dans la cinquième, la Lune dans la neuvième, Saturne et Vénus dans la douzième. Hans se plaisait à répéter que si quelqu'un voulait démontrer que l'astrologie, ça n'était que des carabistouilles, il suffisait de les regarder. Lui-même était ambitieux, impulsif, il aimait le danger et l'aventure, bref, c'était un vrai bélier. Pour décrire Max, il disait juste :

« Quoi Max ? Quel Max ? Pas *Max* quand même ? »

Leurs mères avaient poussé ensemble leurs landaus à travers les rues de la ville et, plus tard, elles avaient surveillé ensemble le bac à sable dans lequel Hans donnait des coups de pelle sur la tête de Max sans que celui-ci réagît le moins du monde.

Pendant leurs dix années d'école, Hans copia sur Max. Au bout du compte, il avait même de meilleures notes parce que c'était un baratineur. Il ne savait pas grand-chose, mais il se demandait si bien comment c'était possible que tous les enseignants, sans exception, le prenaient pour un gamin éveillé.

Max n'arrivant pas à se décider, Hans chercha bien entendu un métier qui leur convienne à tous les deux. Pendant leur formation de mécanicien, Max était chargé de la théorie et Hans réparait les moteurs. Grâce à un héritage, celui-ci ouvrit son propre garage et embaucha celui-là. Il vendait des voitures, l'autre s'occupait de la gestion.

Hans continua de copier sur Max. Quand il voulait en imposer au beau sexe, le bluffeur s'inspirait du mode de vie de son camarade. Il déblatérait sur son amour de la musique classique, que Max était le seul à éprouver, parce que les gonzesses adoraient Händel et Grieg. Il faisait passer les recettes de Max pour les siennes parce que les filles sont encore plus folles de vous quand vous leur faites un bon petit plat. Qui admire une femme qui fait la cuisine ? – Personne ! Mais des mecs, même s'ils sont moches, gros et vieux, ils deviennent des stars de la télé s'ils savent cuisiner.

Max aimait la musique et la cuisine, mais il n'en parlait pas, il laissait à Hans le soin de faire valoir ces talents. Le lundi, il l'écoutait raconter ses histoires de femmes folles de lui et il se réjouissait qu'une fois de plus il ne lui fût rien arrivé pendant le week-end.

Le garage était ouvert depuis plusieurs heures déjà.

« Voyez-vous, madame, expliquait Hans pour entortiller sa première cliente, cette auto est une véritable aubaine pour quelqu'un qui cherche une occasion sérieuse. »

La dame avait autour des hanches une bouée qui lui aurait permis de traverser la Manche. La voiture que Hans voulait lui refiler, en revanche, était minuscule. Mais le concessionnaire était un artiste. Chaque vente était pour lui une performance. Plus elle était difficile, plus il y prenait du plaisir. Réussirait-il à faire entrer la grosse mémère dans la petite bagnole ? Comment ? Et s'il essayait le coup du départ forcé ?

« Elle appartenait au proviseur du lycée du Saint-Esprit. »

Il guetta une réaction dans les yeux et les gestes de sa cliente.

« À vrai dire, il voulait la garder, mais il est parti pour trois ans au Togo en... »

Hans cherchait le mot juste. Pas vacances, pas formation, pas stage. Il fallait quelque chose d'autre, quelque chose d'inéluctable, une sorte d'instance supérieure. En délégation ? Non, cela faisait trop jargon administratif.

« ... en mission en Afrique. »

La dame le regardait d'un air étonné. Elle ne disait rien, mais ses yeux le suppliaient de continuer. Tous les clients veulent qu'on leur raconte des histoires, tous ! Et Hans avait des tonnes d'histoires en réserve. Poète ou vendeur d'occasions – dans un cas comme dans l'autre, il faut du talent. Sauf que le poète reste pauvre et que Hans, en revanche, s'était enrichi.

« Dans un établissement de missionnaires. »

Elle mordit à l'hameçon.

« Ah ! vraiment ? Et ils ont besoin d'un enseignant ?
— Tout à fait, madame. Du coup, son auto reste ici.
— Intéressant. »

Un prix était affiché sur le pare-brise. Rien de moins que dix mille euros. La femme fixait ce chiffre ; c'était trop. Hans déclara avec conviction :

« Ce véhicule coûte sept mille euros, en l'état. »

Sa cliente pointa l'index vers le panonceau :

« Mais c'est écrit dix ! »

Le vendeur se retourna et devint littéralement livide.

Les acteurs s'entraînent longtemps pour pleurer sur commande. Hans, lui, pouvait même blêmir à volonté !

« Oh ! fit-il désolé. Je me suis trompé, j'avais l'autre voiture en tête, celle qui est là derrière. »

D'un air effrayé, il mit sa main devant la bouche.

« Excusez-moi, celle-là coûte dix mille, bien entendu. »

Il y avait quelque chose d'obséquieux dans sa voix. Il essayait de se convaincre qu'elle lui faisait peur. Intérieurement, il se disait : *Ne me frappe pas, je t'en prie.*

Pendant ce temps, il appuyait mine de rien sur un bouton. Une lumière s'alluma alors dans le bureau de Dagmar, la secrétaire. C'était un signal pour qu'elle entre en scène et joue son rôle.

Hans fit machine arrière :

« Je pense que cette auto est de toute façon un peu petite pour vous. J'ai d'autres propositions à vous faire... »

Dagmar s'avança dans le hall d'exposition en se déhanchant sur ses hauts talons, en tailleur noir, avec des allures de chef autoritaire. En cas de succès, elle touchait dix pour cent du prix de vente pour son numéro de lunettes en écaille – cela lui rapportait plus que son travail de paperasserie dans l'antichambre. Son accent, lui, n'était pas voulu, il venait de Vienne où elle avait grandi.

Hans serra les mains l'une contre l'autre et dit sur un ton de supplique :

« Je vous en prie, madame. Voilà ma chef !
— Eh bien, elle n'a qu'à trancher.
— Non, je vous en prie ! »

Dagmar ne chercha pas à éviter la cliente qui courait à la rencontre de la prétendue chef.

« Cette voiture devait d'abord coûter sept mille euros et votre vendeur en veut maintenant dix mille ! »

Dagmar jeta un coup d'œil sur l'affiche et lui répondit :

« Eh bien oui ! C'est marqué dix mille...
— Oui, mais : dit, c'est dit ! »

La voix de la femme monta dans les aigus.

Dagmar se tourna vers Hans et demanda sur un ton sévère :

« Quelle offre as-tu faite à Madame ?
— Excusez-moi, chef, pleurnicha-t-il. Je me suis trompé. Par inadvertance.
— Combien ?
— Sept mille, mais c'est par inadvertance ! »

Dagmar se tourna à nouveau vers la dame. Sans sourciller, elle dit :

« Vous en faites, une affaire ! Félicitations ! Vous êtes douée en négociation ! Dit, c'est dit. La voiture est à vous pour sept mille. »

Là-dessus, elle lança un regard assassin à Hans. La cliente devait vraiment croire qu'il le lui paierait cher. Elle ricana de manière effrontée. Elle avait fait une occase et elle avait complètement oublié de se demander si c'était bien cette auto-là qu'elle voulait. La petite voiture ne valait pas le prix. Ce n'était pas un proviseur, mais une débutante qui avait broyé la boîte de vitesses.

Alors que la cliente quittait le parking toute fière au volant de sa bonne affaire et que Hans et Dagmar fêtaient leur succès – « Tu es un vrai filou, Hans ! Quelles histoires tu vas chercher ! » –, un homme vêtu de couleur sombre descendait d'une Jaguar. Il pénétra dans le hall d'exposition, embrassa Hans, lui posa une main sur l'épaule et le conduisit dans son propre bureau, non sans avoir maté le postérieur de la secrétaire. Celle-ci n'aurait su dire si son patron laissait le beau rôle à l'inconnu par calcul ou si en secret il avait vraiment peur de lui.

L'étranger entra dans la pièce. Comme Max gisait toujours là, l'hôte, habitué aux affaires louches, fit le signe de croix orthodoxe et implora en même temps l'aide du diable :

« *Boche moï, tchorti chto* ! »

Hans mit une main sur l'épaule de Max et le secoua.

« Max ? Tout va bien ?

— Non. »

Celui-ci se leva de son siège, tétanisé, mais en état de marche.

L'homme posa un sac en plastique rempli de dollars sur le bureau de Hans. Max devait recompter pendant que son chef négociait. L'homme parlait mal un mauvais anglais, en roulant les R. Cette fois, il lui fallait une Ferrari rouge. Le concessionnaire lui donna sa parole. Pas de problème !

« Cinquante mille », annonça Max.

Il ne voulait rien savoir de tout cela. C'étaient les affaires de Hans. Lui ne faisait que compter l'argent.

Quand l'individu fut enfin parti, Max fourra les dollars dans la cachette la plus sûre qu'il y avait dans ce bureau. Pas dans la petite caisse en métal, pas dans le gros coffre-fort bien visible. Il roula le plastique sur lui-même, ouvrit la porte du petit cabinet de toilette, s'accroupit devant le bac du chat, remua avec dégoût la litière pleine de crottes et y enfouit le sac tout au fond, jusqu'à ce qu'on ne puisse plus le voir.

Resté dans le bureau, Hans lui demanda ce qui se passait et ce qu'il avait fait si longtemps tout en saisissant le téléphone et en composant un numéro.

« Le médecin, répondit Max.

— Et alors ? » continua Hans.

Max était toujours accroupi devant la litière du chat et dit d'un ton grave, d'une voix forte et distincte :

« Je vais mourir – très bientôt. »

Il se releva, tourna les yeux en direction de son unique ami et chercha à capter son regard. Il alla même vers lui. Mais Hans n'avait apparemment pas réussi à joindre son correspondant, il posa le combiné et tapota sur l'épaule de Max d'un air absent. Il fit demi-tour et dit en sortant :

« Bon, eh bien ! tout va pour le mieux ! »

La maison d'Emma était vieille de plusieurs siècles. C'était un bâtiment à colombages aux poutres noires dont l'hourdis, passé à la chaux, s'effritait de toutes parts. Elle était couverte de vigne vierge qui étouffait les murs. On aurait dit qu'elle était enchantée. La ferme se nichait au milieu de collines, de prairies et de forêts. C'est là que poussaient les champignons les plus gros, que s'élevaient les chênes les plus vieux et que les frères Grimm avaient recueilli leurs contes les plus merveilleux.

Dans la cour se dressait un vieux châtaignier qui donnait de l'ombre quand il faisait chaud l'été. En hiver, Emma nourrissait les cerfs et les chevreuils avec les fruits de cet arbre, car parfois il faisait ici un froid de canard.

La ferme était délimitée d'un côté par une longue porcherie au toit plat, de l'autre par une haute grange. Derrière celle-ci se trouvait le tas de fumier, résidence attitrée du coq qui se postait au sommet pour s'ébrouer, étirer son corps sec et faire retentir son cocorico par monts et par vaux. Il réveillait Emma pile à l'aube, et une fois par heure, il s'attaquait à une poule. Ici, personne n'avait besoin de montre.

De jour, les portes de la porcherie restaient grandes ouvertes. Les poules picoraient entre le tracteur et la herse, grattaient la terre des talus à la recherche de vers. Les cochons déambulaient dans un énorme pré. À proximité de la rivière, derrière la maison, ils s'étaient fait une bauge juste sous un hêtre imposant.

À une cinquantaine de mètres de là, sur la rive, se trouvait une petite cabane. C'était un immigré russe qui l'avait construite en échange de viande et de charcuterie. De ce fait, Emma était la seule personne de toute la région à posséder une *banya*, une sorte de sauna qu'elle appréciait beaucoup. Elle chauffait son bain de vapeur ainsi que sa maison avec du bois qu'elle abattait dans les forêts, qu'elle sciait et qu'elle fendait elle-même.

Ici, chacun profitait de chacune : les poules des épluchures, les légumes de la fiente, et le coq des poules – à moins que ce ne fût l'inverse. Personne n'aurait pu le dire, surtout pas les poules.

Emma vivait des cochons et de la merveilleuse charcuterie qu'elle en tirait. Les cochons de leur côté vivaient de ses déchets. Emma était intégrée à ce cycle biologique, elle faisait partie de ce tout et s'y sentait chez elle – même si elle en était prisonnière parce qu'elle ne comprenait pas les autres cycles au-dehors.

Même Emma ne savait plus comment avait commencé cette histoire de mobylette. C'était la vieille Zündapp qu'elle avait héritée de son père. Celui-ci s'en servait pour parcourir la route de forêt sinueuse qui menait à la ville. Mais Emma n'avait rien à faire à l'extérieur. Elle ne connaissait personne en dehors de son patelin et elle n'osait pas aller en ville. Rien ne lui faisait peur, sauf ça.

Cependant, elle faisait quand même de la mobylette. Elle s'était construit une piste rien que pour elle, rectiligne, à côté de la maison. Goudronnée par ses soins. C'était une piste absurde en apparence. Qui commençait au beau milieu de la verdure et qui s'arrêtait au bout d'un kilomètre, juste devant de grands sapins. Bien sûr, elle n'avait pas obtenu le permis de construire ce caprice, mais quelle importance ? La loi, ici, c'était Henner. Aucun autre policier ne voulait être nommé dans ce coin perdu. Quand il annonçait à ses supérieurs en ville que rien ne troublait l'ordre public, ceux-ci étaient satisfaits.

Avec bien du mal, Emma poussa donc la vieille Zündapp sur le chemin en pente qui menait au début de sa voie privée. Elle plaça l'engin dans le sens de la marche, s'assit dessus, le mit en route et fit chauffer le moteur.

La ferme d'Emma se trouvait à l'écart, à quelques centaines de mètres du village. Pourtant Henner perçut ce *Broum Broum Broum* qui pénétrait dans son minuscule poste de police par la fenêtre ouverte. Il secoua la tête avec indulgence et sourit. Car ce que Emma faisait lui plaisait. Tout en elle lui plaisait.

Quand elle faisait gémir son petit moteur deux temps, les habitants du village comprenaient. Ils savaient à quoi s'en tenir. Ce bruit retentissait plusieurs fois par semaine. Tout le monde l'entendait, la plupart des gens préféraient l'ignorer. Quelques-uns néanmoins entraient dans une colère noire. La vieille de Henner par exemple. Elle maudissait « cette salope » et, de rage, elle s'allumait deux clopes d'un coup. Le boulanger prêtait une attention concupiscente à ce vacarme ; sa femme, quant à elle, faisait rentrer les enfants. C'était le producteur de pommes de terre que ce signal stimulait le plus. Il faisait une pause, s'appuyait contre ses sacs de patates en plein milieu de son champ et se réjouissait d'avance.

Henner aussi faisait une pause goûter. À la différence du paysan, cependant, c'était bien pour manger ! Son seul plaisir à lui, c'était une tartine de pâté de foie, si possible avec de la moutarde.

Emma tourna la poignée de l'accélérateur, la mobylette partit comme une flèche. Le volant à disque de sa vieille Zündapp était complètement désaxé. C'est pourquoi, au bout de trois cents mètres, la selle se mettait à vibrer très fort. Emma cala son dos bien droit, tendit les bras sans lâcher le guidon et avança le bas-ventre jusqu'à ce que les trépidations de sa machine, ces légers tremblements délicieux, lui fassent un petit quelque chose. Au bout de six cents mètres, elle fut prise d'une intense jouissance. Elle ferma les yeux de volupté et parcourut trois cents mètres sans presque rien voir. Ses bras se raidirent pour que les roues restent dans les ornières. Mais son âme faisait l'inverse. Elle dut s'obliger à rouvrir les yeux. Les arbres au bout de la route se rapprochaient à une allure dangereuse. Emma tourna le guidon d'un geste brusque et freina de toutes ses forces. Les pneus couinèrent sur les derniers mètres d'asphalte, la mobylette chassa et quitta la route goudronnée pour déraper dans la boue. Comme chaque fois, Emma ne parvint qu'à la dernière minute à immobiliser sa Zündapp. Soudain, tout redevint calme. Seul un merle chantait dans les sapins.

À peine le moteur lancé à plein régime s'était-il tu que les gens du village s'apaisaient. Henner était repu, le boulanger poussait un profond soupir au milieu de ses pains chauds, le paysan avait répandu sa semence dans les champs. Seules la mère de Henner et la boulangère fulminaient encore.

Emma fit demi-tour et, détendue, repartit en slalomant sur son terrible engin. Après avoir joui, elle entendait des sons merveilleux. Elle avait l'esprit enveloppé dans de la ouate. Des bras forts la protégeaient sans pourtant la dominer. Tout allait s'arranger. Le bonheur allait tomber du ciel.

Bon, eh bien ! tout va pour le mieux... Hans n'avait même pas écouté. Personne n'écoutait ! À nouveau, les larmes lui vinrent aux yeux, lui coulèrent sur les joues. Cela ne lui était jamais arrivé, il en avait honte. Pas ici, au bureau ! Comment faire pour penser à autre chose ? Max se leva, traversa le hall d'exposition et caressa les voitures. Le contact de la merveilleuse peinture l'apaisa. Il se moucha et inspira une grande bouffée d'oxygène. Cela marchait encore. Son corps bougeait. Encore...

Vivre. Ses dernières semaines ? Comment les passer ?
En tout cas, pas dans ce garage !

Il sortit et descendit la rue à pied. Il réfléchit, se demandant ce qu'il y avait eu de bien dans sa misérable existence, cherchant quelque chose qui vaudrait la peine de vivre une seconde fois. Quand avait-il connu un moment valable ? Lorsque ses parents vivaient encore, ça, c'était bien.

Et puis un jour, il avait gagné un prix, il y avait des années de cela. Ça aussi, ça avait été bien. Un voyage aux Caraïbes, dans le golfe du Mexique. Le premier prix. Même qu'il ne voulait pas y aller, au début ! Et si jamais il se noyait en mer ? Hans lui avait demandé sur un ton de reproche :

« Pourquoi ne sais-tu pas nager ?
— Parce que j'ai peur de l'eau.
— Tu n'as qu'à te jeter dedans !
— Je ne plongerai que le jour où je saurai nager !
— Quoi ? Mais c'est absurde ! Il n'y a que dans l'eau que tu peux apprendre à nager.
— C'est bien ça, le problème. »

Hans s'était pris la tête entre les mains. Max avait continué de geindre :

« Et si l'avion avait un problème ? Ou bien que j'attrapais la malaria ou le typhus ? Et qu'est-ce que je ferai si jamais ça ne me plaît pas, là-bas ? »

Alors, Hans l'avait engueulé :

« Toi et tes éternels *Et si jamais*... ! Tu commences franchement à m'énerver. Tu es complètement cinglé !

Pourquoi as-tu participé à ce concours dans ce cas-là ? Maintenant que tu as gagné, tu vas y aller. Sinon, je te fous mon pied au cul. »

Il l'avait même menacé de lui retirer son amitié et de le licencier s'il n'acceptait pas la récompense.

Et ce furent les deux plus belles semaines de la vie de Max. Il logeait au nord de Quintana Roo, sur l'île de Holbox, dans une splendide case maya, ronde et couverte de palmes. Meubles en bambou, parquet en bois exotique, ventilateur au plafond, moustiquaire au-dessus du lit, hamac blanc et bleu dans la véranda aérée. C'était là qu'il préférait s'installer pour regarder la magnifique mer des Caraïbes. Une si belle lumière bleue, des couleurs splendides, l'eau turquoise ! Et les pélicans ! Ah ! les pélicans...

Max passa des heures sur la plage à les observer. Là-bas, ils étaient de couleur sombre, d'un gris foncé presque laid. On aurait dit des vautours s'ils n'avaient pas eu ce sac caractéristique sous leur grand bec. Ils volaient au-dessus de l'eau et cherchaient un poisson qui voulût bien se laisser attraper. À peine avaient-ils repéré un malheureux qui faisait son petit tour sans se douter de rien qu'ils se laissaient tomber pile à cet endroit. Ils repliaient leurs ailes et plongeaient, tête la première. Sous l'effet du choc, l'eau giclait en faisant du bruit. Ils n'en prenaient pas beaucoup, peut-être un tous les dix vols piqués. Alors, ils l'avalaient tout de suite ou l'emmagasinaient dans la poche de leur bec. Et ils repartaient dans les airs. Observation, vol piqué et l'eau qui giclait.

Max ne se lassait pas de ce spectacle. Tels les pélicans, il voulait enfin se laisser tomber à pic pour que ça gicle dans sa vie. Là-bas, au Mexique, ses yeux s'étaient dessillés. Mais quand il fut rentré en Allemagne, ses *Et si jamais...* avaient repris le dessus et étouffé tous ses rêves des Caraïbes.

Max se promenait maintenant en ville. Il avait fait des kilomètres avant de s'arrêter devant une agence de voyages. Il prit son courage à deux mains et entra.

« Au Mexique. Plusieurs semaines, en effet. Enfin, j'espère... Je pense que trois mois devraient suffire... C'est cher ? Oui, bien sûr. Je sais. Je vous apporterai l'argent demain. En dollars, ça va ?... Merci. Alors à demain. »

Après cela, Max attendit que la nuit tombe. Il possédait un jeans sur lequel il y avait encore le prix. Il l'avait conservé pour plus tard. Or plus tard, c'était maintenant. Donc, il arracha l'étiquette et enfila le pantalon. Ensuite, il mit un T-shirt et un blouson en cuir qu'il avait acheté un jour et dont il ne s'était jamais servi.

Il rassembla quelques effets personnels dans son petit sac de voyage. Il mit son téléphone portable et son passeport dans sa poche – celui-ci n'était plus valable, de fait, que quelques mois. Cela devrait suffire, pensa-t-il avec amertume.

Dans la salle de séjour, il ôta du cadre la photo de ses parents et la mit dans son portefeuille. Puis il jeta un dernier regard sur l'appartement que son père avait décoré, longtemps auparavant, avec un goût et un sens de l'harmonie que le fils n'avait jamais trouvés en lui. C'est pourquoi Max n'avait rien changé depuis des décennies.

Il s'apprêtait à fermer la porte d'entrée quand il changea d'avis. Il retourna dans la salle de séjour, s'approcha de la table et renversa l'une des chaises en bois Thonet aux courbes si délicates. Il l'abandonna, désarmée, à même le sol, sourit à l'idée de cette petite victoire sur lui-même et quitta son appartement à jamais.

Au même moment, sur un parking tranquille au bord de l'autoroute, Hans avait rendez-vous avec un petit *broker* de vingt-cinq ans. Le propriétaire de la Ferrari avait des ennuis de trésorerie. Il s'était bien planté dans ses placements, il ne lui restait plus qu'à faire preuve d'imagination.

Hans lui reprenait le bolide. Dans son atelier, il gratterait le numéro de série et referait la peinture. Puis son contact, un Biélorusse, transférerait la voiture à Minsk. Vu l'état des routes là-bas, la bagnole serait fichue en moins de rien. Mais le parvenu qui allait l'acquérir n'en avait rien à faire. Au cours de son existence, il avait déjà bousillé bien d'autres choses de cette valeur. Dans le courant de la semaine suivante, le petit *broker* ferait une déclaration de vol et l'assurance le dédommagerait.

Max avait garé sa voiture derrière l'atelier. Il avait regardé si, par hasard, il n'y avait pas quelqu'un. Mais tout était comme d'habitude. La lumière brillait dans le hall d'exposition ; le bureau, en revanche, était plongé dans l'obscurité.

Il traversa le parking en direction du bâtiment comme il l'avait déjà fait des milliers de fois dans sa vie, sauf qu'aujourd'hui son cœur battait la chamade. Il ouvrit et entra dans le garage muni d'une lampe torche, comme un cambrioleur !

Il pénétra dans le bureau. Le faisceau lumineux balaya le mur, trouva le téléphone et le coffre-fort, qui était bidon. Soudain, Max sentit quelque chose lui effleurer les chevilles. Il poussa un cri et recula.

« Miaou !

— Connerie de chat ! »

Il eut une douleur dans la cage thoracique. Son pouls s'emballa. Pour se calmer, il s'assit dans le fauteuil du chef, posa la main sur son cœur et s'efforça de respirer moins vite.

Quelques instants plus tard, Max coinça la torche sous son aisselle, ouvrit la porte du cabinet de toilette et fouilla dans la litière malgré son dégoût. Le faisceau lumineux errait confusément dans la pièce, sur le mur du couloir, sur les fenêtres du bureau – ce que vit Hans en arrivant sur le parking.

Aussitôt, il coupa le moteur de la Ferrari pour que personne ne l'entende. La rage au ventre, il courut vers son bureau pour prendre les cambrioleurs sur le fait. Dans sa hâte, il laissa la clé sur le tableau de bord et ne ferma même pas la portière pour éviter de faire le moindre bruit.

Max l'entendit quand même et reconnut les pas de son ami. Pétrifié, il serra dans ses mains le sac plein d'argent.

Si seulement il était... Si seulement il avait... Avant même qu'il eût réfléchi à ce qu'il aurait pu dire ou faire, il était trop tard pour s'enfuir. Flageolant, il se cacha derrière le long rideau qui touchait le sol. Il serrait les dollars contre sa poitrine.

Sans la moindre peur, Hans ouvrit tout grand la porte et cria dans le noir :

« Police, les mains en l'air ! »

Aucune réaction. Il alluma et laissa errer son regard dans la pièce. À ce moment-là, le chat s'avança juste devant les pieds de Max, qui dépassaient du rideau. Hans écarta le bout de tissu et regarda l'autre, déconcerté.

Alors, le gentil-petit-Max, celui qui faisait tout ce qu'on disait, qui ne voulait jamais rien, qui ne réclamait jamais, oui Max leva le bras, sans prévenir, et claqua si fort le sac en plastique sur la joue gauche de son ami que celui-ci, stupéfait, tomba à la renverse. Max profita de cet instant. Il prit ses jambes à son cou et, à la dernière seconde, eut la présence d'esprit de fermer la porte à clé.

Hans se redressa aussi vite que possible et frappa du poing contre la porte :

« Ouvre ! Qu'est-ce qui te prend ? T'es débile ou quoi ? »

Mais Max courait sur le parking. Il vit la Ferrari grande ouverte et s'assit au volant. Il jeta le sac plein de dollars sur le siège du passager et démarra sur les chapeaux de roue.

La puissance du moteur le cloua au cuir du fauteuil. En quelques secondes, il était passé de zéro à cent kilomètres à l'heure. Il n'en avait pas l'habitude. Il s'accrochait désespérément au volant et essayait de maîtriser cette voiture de fou, de la faire redescendre, au moins en ville, à soixante-dix kilomètres-heure. Ce n'était vraiment pas facile de conduire lentement. Quel bonheur, cette bagnole !

Hans parvint à se libérer. Il sortit par la fenêtre. Constatant que la Ferrari avait disparu, il fut pris d'une telle rage qu'il donna un coup de pied dans une poubelle murale qui tomba par terre avec un bruit infernal.

Il se dirigea vers la voiture de Max, sur laquelle il y avait aussi les clés. Maintenant, il devait essayer avec cette vieille caisse de rattraper sa Ferrari, son argent et son ami. Qu'est-ce qui avait bien pu lui prendre ?

Pile au moment où Max sortait de l'agglomération, il se mit à pleuvoir à verse. On aurait dit la mousson. Il tombait des cordes, l'eau frappait le pare-brise. Max fut contraint de ralentir.

Hans, au contraire, joua le tout pour le tout. C'était lui le meilleur conducteur. Il rattrapa Max à l'orée du bois, là où la route rétrécissait et serpentait à travers les montagnes.

Max avait du mal. Hans le serrait. Il le doubla et se mit en travers de la route, espérant l'arrêter. Le voleur osa passer outre et appuya sur l'accélérateur. Il savait qu'il devait aller plus vite, mais il ne voyait presque plus rien à cause de la pluie.

Hans fit une manœuvre, le rattrapa et lui fonça même dans le pare-chocs.

Alors, Max mit vraiment la gomme. Avec toutes les peines du monde, il parvint à prendre quelques virages. Puis il y eut ce moment où la Ferrari ne lui répondit plus. Il tournait le volant dans le bon sens, mais les pneus refusaient de suivre et l'auto s'envola.

Hans passa devant sans rien voir et s'enfonça dans la forêt. Quelques kilomètres plus loin, il capitula. On aurait dit que le traître avait été englouti par la terre. Le poursuivant fit demi-tour et rechercha sa trace autant que la nuit le permettait, mais il ne trouva rien. L'obscurité empêchait de voir l'endroit où Max et sa Ferrari avaient tracé une petite laie à travers les arbres. Tout en maugréant, Hans rentra en ville – ce n'était que partie remise.

Soulagé, Max reprit son souffle. C'était fini ! Tomber dans le crime, filer au Mexique et mourir dans l'eau turquoise ? Non. Il n'en serait rien. Tant pis, il mourrait ici, dans cette forêt.

Les arbres défilaient devant lui, comme au ralenti. C'était un vol fascinant. La voiture tournait avec lenteur sur elle-même. Max percevait cela avec une extrême précision. Puis l'auto dévala le talus dans un terrible vacarme, en faisant plusieurs tonneaux. Assis au volant de son véhicule, retenu par la ceinture de sécurité, il se dit avec calme que cela, au moins, c'était une fin excitante.

Il s'attendait à voir défiler sa vie en quelques secondes comme les arbres devant lui. Mais ce n'était pas prévu au programme. Il n'aperçut qu'une énorme cocotte-minute. Qui sifflait sur une gazinière. Sinon rien. Pas très spectaculaire, une mort pareille. S'il avait su qu'il était aussi facile de mourir, il ne se serait pas pourri la vie à appréhender sans cesse cet instant-là.

Cocotte-minute ?!

Le métal de la Ferrari craqua de partout. Les vitres se brisèrent et explosèrent comme des bulles de savon, les éclats minuscules avaient un reflet irisé. Quelques arbustes aussi furent détruits. Mais pas Max. Juste à la fin, une branche épaisse lui assena un gros coup sur la tempe. L'épave s'immobilisa au bas de la côte, dans la cour d'une ferme isolée. Broyé, le radiateur sifflait. Le moteur brûlant crachait de la vapeur d'eau sous la pluie.

Ce boucan arracha Emma au sommeil. Elle se rendit à la fenêtre et vit, au bas du talus, des phares qui brillaient dans le déluge. Sans réfléchir, elle enfila l'immense imperméable vert olive de son grand-père. Le manteau, plus grand qu'elle, balayait le sol comme une traîne. Elle mit la capuche et sortit.

Emma regarda l'épave sans paniquer, sans s'effrayer, juste curieuse, intéressée. Qu'est-ce qu'elle avait dû être belle, cette bagnole ! Elle fit sans hâte le tour du tas de ferraille rouge et fut surprise en voyant le moteur merveilleux qui sortait du capot tout cabossé et qui n'avait rien à voir avec celui de son tracteur.

C'est alors seulement qu'elle remarqua un homme qui avait perdu connaissance au volant de la voiture. Elle le toucha avec précaution, lui tapota la poitrine. Il ne broncha pas. Il ne saignait pas non plus. Elle lui palpa la carotide. Il était vivant.

« Tiens, voilà un homme ! »

Le Ciel lui en avait enfin livré un, mais il était déjà foutu. Cassé pendant le transport ! Enfin, il valait toujours mieux un homme cassé que pas d'homme du tout, se dit Emma. Il allait bien s'en remettre !

Elle défit la ceinture, agrippa l'étranger par les aisselles et le sortit de la voiture. Sa capuche glissa, des trombes d'eau trempèrent ses cheveux. Ainsi que le corps de l'homme. Elle rassembla donc ses forces, le souleva, le porta sur son épaule comme un demi-cochon et passa le seuil de la maison.

Arrivée dans la cuisine, elle le posa sur la table. L'assiette qui était encore dessus se brisa en tombant par terre. L'homme ne se réveilla pas pour autant, mais enfin, il respirait. Emma ôta son imperméable, prit la bouilloire sur le poêle et remplit une bassine en émail. Elle lui enleva ses vêtements trempés et les jeta sous la table. Puis elle le lava à l'eau chaude et le frictionna sans la moindre pudeur ou gêne. Pendant l'accident, il s'était cogné partout, mais cela n'avait pas l'air bien sérieux.

Emma courut dans sa chambre à l'étage, retira sa couette et redescendit. Elle chargea le corps nu sur son épaule et monta l'escalier. Une fois au bord du lit, elle le fit glisser, l'allongea avec précaution et le couvrit. Elle lui tâta une nouvelle fois le pouls et écouta son souffle. Tout paraissait en ordre. Sauf qu'il restait inconscient. Elle le laissa donc tout seul pour commencer.

En bas, elle remit son imperméable et retourna à l'épave pour chercher ses affaires. Pas de sac de voyage, pas de valise, pas de porte-documents. Il n'y avait, posé sur le siège du passager, qu'un sac en plastique dans lequel elle jeta un coup d'œil sans hésiter.

« Oh mon Dieu ! Fais que je sois riche et heureuse ! » avait-elle prié tous les soirs devant sa fenêtre ouverte. Pendant des décennies. En levant les yeux toujours très haut vers le Ciel, même si, à la fin, ce n'était plus que par habitude. Et maintenant, ça !

Elle emporta le plastique dans l'arrière-cuisine, où il faisait sec et clair. Elle rouvrit le sac, regarda à l'intérieur. Rien que des billets étrangers. Des dollars ! Dessus, il était écrit THE UNITED STATES OF AMERICA. Il y avait des visages d'hommes qu'elle ne connaissait pas, mais elle avait déjà vu des dollars à la télé. Des liasses de billets gros comme des livres. Qu'est-ce que ça faisait drôle de les toucher !

Aller maintenant demander de l'aide à Henner ?
Non ! Jamais !

Riche *ou* heureuse ? En une demi-heure de temps, elle se retrouvait avec un sac plein de pognon dans les mains et un homme nu dans son lit.

Riche *et* heureuse. Ce n'était pas croyable ! Elle avait besoin de sous et elle voulait un homme. Maintenant qu'elle avait les deux, elle avait bien l'intention de les garder.

Elle referma le plastique et le cacha dans la porcherie, derrière l'auge du verrat. C'était un animal dangereux. Mis à part elle, personne n'oserait s'en approcher. Il fallait juste qu'elle se débrouille pour qu'on n'apprît pas qu'elle avait volé l'argent.

Elle alla dans la remise chercher un bidon d'essence, en aspergea la voiture et mit le feu. Les flammes s'élevèrent aussitôt.

Tous les villageois dormaient. Seule la mère de Henner souffrait d'insomnie, comme toutes les nuits. C'est pourquoi elle entendit ce drôle de crépitement, elle alla à la fenêtre et aperçut une lueur rouge dans le ciel nocturne, au-dessus de la ferme d'Emma. Un sourire haineux lui parcourut le visage. L'installation électrique était-elle fichue ? Ou un pompier s'était-il à nouveau amusé ? Dans la région, c'étaient la plupart du temps les volontaires qui allumaient les incendies.

La mère de Henner contempla ce spectacle sans songer un instant à donner l'alerte. Ça dérangerait son fils en plein sommeil ! Elle observait la lueur vacillante avec curiosité. Pour elle, Emma n'était qu'une salope, ne serait-ce qu'à cause de cette histoire de mobylette. Il fallait qu'elle protège son fils de ce genre de femmes. C'était son devoir de mère. Car Henner était asthmatique, depuis tout petit. Le médecin l'avait bien avertie. Un mariage heureux pourrait le tuer.

Et voilà qu'il y avait le feu à la ferme d'Emma. La vieille prit une cigarette. Henner était à elle. Elle l'avait enfanté dans la douleur et elle l'avait élevé de ses propres mains. Aujourd'hui encore, elle lui lavait ses chemises et lui reprisait ses chaussettes. Elle était la femme idéale pour son fils. Pourquoi lui en faudrait-il une autre ? Hein ! C'est bien ce que je dis, non ? Allez, qu'elle brûle ! Bonne nuit !

Dans la cuisine, Emma s'était frotté les cheveux. Elle décrocha un maillot de corps de la corde à linge. Par prudence, elle enfila au-dessus un tablier multicolore pour le cas où il ouvrirait quand même les yeux.

Après être remontée dans sa chambre, elle installa une chaise devant le lit, s'assit et observa l'étranger. Elle le secoua une nouvelle fois, mais il ne bougea pas et resta sans connaissance. À nouveau, elle contrôla son pouls et sa respiration. Il dormait à poings fermés. Il n'y avait encore jamais eu d'homme dans le lit d'Emma. Juste Henner, mais lui, elle le connaissait depuis toujours.

Elle posa les doigts sur le front de l'inconnu et suivit le tracé de ses cheveux. Ils remontaient très haut, mais ils étaient encore tous bruns. Elle regarda son cuir chevelu et n'y trouva ni saleté ni pellicules.

De l'index, elle parcourut chacune des rides au-dessus de ses sourcils. Il en avait beaucoup, six ou sept. Et elles étaient profondes. Ce n'était pas une nature joyeuse, mais quelqu'un de soucieux. Il avait des poches sous les yeux. Le bord de ses paupières était légèrement bleu. Tel un médecin, Emma tira sur la peau au-dessous et aperçut de petites veines rouges à la surface d'un globe jaunâtre. Il avait quelque chose au foie. Est-ce qu'il buvait ?

Ensuite, elle souleva la lèvre supérieure et examina sa dentition comme s'il s'agissait d'un cheval qu'elle allait acheter. Elle fut très satisfaite. Elle le renifla. Il n'avait pas mauvaise haleine.

Elle regarda dans ses oreilles, y introduisit l'auriculaire gauche, mais ne trouva pas de cérumen sous son ongle. Elle jeta un coup d'œil dans le nez, se pencha très bas pour bien voir dedans. Quelques petits poils en dépassaient, mais les narines n'étaient pas sales. Ravie, Emma s'appuya de nouveau contre le dossier et considéra le visage de loin.

Elle lui prit la main droite. En caressa la paume. La retourna. En caressa le revers. Il n'avait pas un cal, pas une crevasse. La main de l'étranger était douce et tendre. Les siennes, en revanche, étaient larges, puissantes et gercées. Elle avait de vraies pattes à côté de lui. C'était un homme de la ville, pas de doute.

Elle repoussa la couette et passa la main à travers le maigre pelage qui lui couvrait la poitrine, depuis ses épaules rondes jusqu'au haut de son ventre. Elle ne sentit pas beaucoup de muscles, mais pas beaucoup de gras non plus. Tout juste une couche molle et pas très épaisse qui l'enveloppait et lui faisait une silhouette un peu ronde. Emma se pencha si bas que les poils de sa poitrine lui chatouillèrent le visage. À cet instant, l'odeur de son corps l'attira de façon magique. Elle chercha le meilleur endroit et finit par le trouver dans une petite cavité tout près de la clavicule, en dessous du cou. Là, il sentait si bon qu'elle enfouit son nez dans le creux, renifla, inhala profondément ce parfum sans pouvoir assouvir son désir. Elle le reconnut à son odeur. C'était lui, son homme.

Emma le borda de nouveau, s'appuya contre le dossier de sa chaise et laissa vagabonder ses pensées. Soudain, elle souleva l'autre côté de la couette et se mit à inspecter ses pieds. Elle écarta les orteils, respira dans les interstices, passa le doigt à la surface des ongles, caressa les talons. Tout était lisse, soigné, impeccable. En été, Emma sortait toujours sans chaussures. Elle souleva la jambe droite et la posa sur le lit pour comparer. Elle avait le pied sale et racorni, lui blanc et doux comme ses mains.

Emma remit son pied par terre et s'installa à nouveau dans une position confortable. Ses yeux errèrent sur lui et s'arrêtèrent à mi-hauteur. Elle fixa la couette volumineuse en souriant d'un air aussi entreprenant qu'à l'époque, quand elle avait six ans, dans le champ de maïs. Elle souleva la couette avec lenteur... jusqu'à ce qu'elle l'aperçoive. Elle l'observa de loin, avec autant de discrétion qu'il était possible à une fermière.

Son membre viril, lui aussi, avait perdu connaissance. Il reposait sur le haut de sa cuisse gauche. Cela parut plaire à Emma. Un sourire tendre et béat se dessina sur son visage. Elle reposa la couette avec précaution et se leva. Elle fit encore remonter quelques plumes en tapotant dessus, lui caressa le front avec douceur et lui déposa un baiser sur la bouche. Elle éteignit la lumière et quitta la chambre en se déhanchant légèrement.

Emma avait un endroit préféré dans le grenier de la grange. Devant une fenêtre, elle avait construit trois murs avec des ballots ; le sol était couvert de paille fraîche. C'est là qu'elle dormirait aujourd'hui.

Tout enfant, elle se réfugiait déjà ici. Cela rendait son grand-père malade, comme tout le reste d'ailleurs. Quand il supposait qu'elle était dans la paille, il hurlait de rage et agitait sa fourche aux dents pointues. Il prétendait qu'en jouant, elle détruisait les ballots. Malgré son grand âge, il grimpait sur la fine échelle pour aller la chercher au grenier, mais elle réussissait toujours à s'enfuir à temps. Elle sautait par la fenêtre et tombait, trois mètres plus bas, sur le tas de fumier.

En haut, le tyran vociférait, et en bas, dans la fange, Emma riait et lui faisait des grimaces, ce qui procurait au vieux la dose d'adrénaline dont il avait besoin chaque jour.

« Petite sorcière ! Par tous les diables, je vais te rouer de coups. Attends que je t'attrape, tu vas voir qui est-ce qui commande ! »

Cette nuit-là, elle avait laissé la fenêtre ouverte pour regarder le ciel étoilé avant de s'endormir. L'air était frais et les cauchemars qui la harcelaient souvent l'importunèrent cette fois encore. Nerveuse, elle s'agita dans tous les sens et repoussa la couverture. Elle se réveilla car elle avait froid. Dès qu'elle ouvrit les yeux, ses rêves s'évanouirent. Mais ils laissaient derrière eux une détresse. Le sentiment d'être coupable. Elle étala la couverture sur elle et mit de la paille dessus pour se réchauffer. Elle se tint immobile et ses pensées planèrent au-dessus de l'horizon obscur.

Chaque étoile était un billet. Des dollars ! Où changer cet argent ?

Que faire de cet homme ?

Elle devait aller à la banque. Mais elle n'était jamais allée en ville ! Ici, au village, il n'y avait que le bureau de poste et c'était justement la boulangère qui le tenait.

Comment l'homme faisait-il pour avoir des oreilles aussi propres ?

Si elle pouvait rembourser d'un coup les dettes de la ferme, Henner lui demanderait d'où venait l'argent. Or il n'était pas que son ami, il était aussi policier.

Combien de fois l'inconnu se taillait-il les poils du nez ?

Le loto ! Elle n'avait qu'à dire qu'elle avait gagné. Oui, mais elle n'avait encore jamais joué de sa vie. Elle ne savait même pas comment ça marchait.

Emma se caressait la poitrine et imaginait que c'était lui qui faisait cela. Comme c'était excitant d'avoir un étranger dans son lit ! Mais si jamais il n'était plus là le lendemain matin ? Il fallait qu'il reste !

Et si on lui avait offert les dollars ? Oui, mais Emma n'avait personne pour lui faire de cadeaux. Que se passerait-il si Henner l'apprenait ?

Le nouveau était-il différent ? Emma avait hâte de le savoir. Elle avait déjà des petits projets avec lui. Oui, mais si jamais il s'en allait avant ? Il ne devait pas partir, surtout pas !

Trouvé ! Elle avait *trouvé* l'argent !

Mais l'homme pourrait dire que ça lui appartenait. Il le reprendrait et la récompense ne suffirait pas pour payer la ferme. Au fait, d'où tenait-il autant d'argent ? Et pourquoi le transportait-il dans un sac en plastique ? Il avait joué au loto ? C'était un cadeau ? Ou bien il l'avait trouvé ?

Non, il l'avait volé. C'était LUI le voleur, pas elle ! Ou plutôt, c'était lui qui avait commencé, et elle, elle avait continué.

C'était donc un voleur. Eh bien, en voilà une histoire ! Il paraît que les criminels sont très doués en amour. À ce qu'ils disent à la télé.

En ce qui concernait l'auto, elle avait bien fait. Cramée. Donc, le sac avec l'argent avait brûlé aussi. C'est ce qu'il penserait. Il serait bien obligé de le croire !

Elle voulait à tout prix que ce soit un voleur – à la fois pour conserver l'argent et pour qu'il soit obligé de rester chez elle. Elle le cacherait et elle le garderait. Elle aurait l'argent et l'homme.

Demain, elle mettrait son sauna en marche, ça lui plairait. Elle ferait tout pour qu'il se plaise ici.

Ses yeux se fermèrent. L'homme et l'argent, c'était parfait.

C'était à elle toute seule. Emma s'endormit l'esprit tranquille dans le foin merveilleux et la paille odorante.

Par chance, son grand-père était mort. Ils étaient tous morts. Par bonheur.

En se réveillant, Max se rendit compte qu'il était dans un lit étranger. Il était coincé entre une couette épaisse et un matelas mou. La parure de lit – un affreux motif à fleurs de couleur lilas – était vieille et délavée. Il avait dû être plongé dans un profond coma car il n'avait pas entendu le coq qui avait réveillé Emma plusieurs heures auparavant.

Immobile sous la lourde couette, il fixait le plafond. Au-dessus de lui, des mouches jouaient à s'attraper, faisaient des zigzags dans l'air, changeaient de direction, revenaient, repartaient à nouveau, sans interruption. Il observa ce jeu pendant un long moment, il n'avait encore jamais rien vu de semblable.

Max bougeait juste les yeux. Il les tourna vers la droite et vit alors une vieille trousse de médecin sans fermeture, posée à côté du lit. Elle était béante et regorgeait de journaux, de prospectus et de lettres sur lesquels était posée une lampe sans abat-jour. Sur le sol, il aperçut des tasses allant du blanc au vert, qui contenaient une culture de moisissures à tous les degrés possibles de maturation, et des déchets divers. Il y avait en outre une boîte de graisse à traire ouverte, des échantillons de parfum venant de la droguerie, des racines racornies et une amanite tue-mouches desséchée.

En face de lui, il découvrit les restes ultimes d'une armoire qui crachait des habits, tous affreusement bariolés. À gauche, une canette renversée baignait dans une flaque de bière. Au moins, ce n'était pas du vin rouge. En plus le tapis, élimé et d'un marron grisâtre, n'était pas aussi beau que le sien. Depuis le lit, il était incapable de dire si c'était sa couleur d'origine ou si c'était de la saleté. Et puis, la bière ne tachait pas.

Le cœur chagrin, Max referma les yeux. Il était donc en enfer. Mort et enterré. Aussi vite que cela.

Mais en bougeant, il sentit quelque chose. Des coups. Sa tête. Il avait des douleurs infernales à la nuque. Des douleurs ?

Il vivait donc encore ? Max souleva la couette et vit qu'il était nu. Couvert de bleus et d'ecchymoses verdâtres. Quelqu'un avait dû le déshabiller. Le porter. L'extraire de la voiture. Il avait eu un accident. Il avait volé Hans, dérobé une Ferrari, il voulait partir au Mexique et il avait une maladie incurable. Il mourrait dans des conditions abominables. Celui qui l'avait mis dans ce lit n'était pas son sauveur, mais un idiot.

Si seulement il était mort !

Max tenta de se redresser. Ses côtes ! Il avait affreusement mal. Pourtant, il se leva en prenant appui sur le bord du lit. Il chercha quelque chose à se mettre, écarta le rideau jaunâtre tout déchiré et regarda par la fenêtre. Ce tas de charbon noir et marron en bas, ce n'était pas la Ferrari tout de même ?

Emma était dans sa *banya* quand elle entendit l'homme claquer la porte d'entrée. Attention, ça allait commencer. Elle se plaça derrière la porte du sauna et l'observa à travers le hublot.

Il avait enfilé une de ses blouses, la jaune à fleurs rouges. Elle dut se coller la main devant la bouche pour ne pas éclater de rire. Les poils se dressaient sur ses jambes. On aurait dit un personnage sorti des contes de Grimm, surtout qu'il faisait des bonds.

Il courait pieds nus, mais apparemment il n'en avait pas l'habitude. La boue l'écœurait. Il sautillait en écartant ses pattes de cigogne comme si de cette façon, il allait moins se salir. En fait, c'était bien pire : il marchait dans des flaques, dérapait sur de la fiente de poule, poussait des cris et des jurons. C'était trop drôle. Emma se reput de ce spectacle pendant un bon moment.

Enfin, il arriva auprès de ce qui restait de son auto rouge. Alors, il bondit de manière encore plus loufoque, encore plus haut. Il criait d'une voix stridente :

« Mais si, c'est... c'est... Mais ce n'est pas vrai ! Toujours moi... Pourquoi ? Où est-ce que... ? »

Emma était pliée en deux. Elle riait aux larmes. Un homme en blouse !

Il se pencha dans la voiture, il cherchait l'argent ! Constatant que tout avait brûlé, il se mit à hurler si fort qu'il en gâcha le plaisir d'Emma. Elle reboutonna sa blouse comme il faut, mit d'énormes bottes en caoutchouc vert et traversa la cour pour le rejoindre.

Était-elle aussi ridicule que lui en blouse ? C'était la première fois qu'elle voyait ses habits sur quelqu'un d'autre. On aurait cru une pelure de saucisson multicolore avec une tête, des bras et des bouts de jambes. Elle n'avait jamais eu honte de ses vêtements, mais cette fois, si.

Elle se tenait devant lui. Il avait de beaux yeux marron.

Il demanda :

« Que s'est-il passé ? Que s'est-il donc passé ? »

En même temps, il agitait ses bras squelettiques et disloqués comme un sauvage et il chialait sans complexes. Il avait une voix douce et il n'avait pas honte de pleurer. Emma n'avait encore jamais vu un homme en larmes.

Elle l'aurait volontiers pris dans ses bras et elle aurait bien aimé lui rendre son argent. Mais elle en avait absolument besoin. Donc, sous le joug de la nécessité, elle mentit. Elle raconta que l'auto avait commencé à brûler dès qu'elle l'en eut extrait.

« Pourquoi l'auto a-t-elle brûlé ? Comment est-ce possible ? »

Emma haussa les épaules en signe d'ignorance.

« Il n'y avait rien d'autre dans l'auto ? Sur le siège passager ? demanda l'homme.

— Qu'est-ce qu'il y aurait bien pu y avoir ? »

Emma remuait la boue avec la pointe de sa botte.

« Je ne sais pas, moi... Quelque chose. »

Il ne dit pas argent. Ou sac en plastique. C'était donc bien qu'il l'avait dérobé. C'était un voleur. Très bien. Cela voulait dire qu'il ne s'en irait pas. Il devrait se cacher. Dans sa ferme. Il suffisait qu'elle fasse preuve d'un peu d'habileté, et alors, il resterait.

« Il pleuvait à seaux quand je vous ai sorti de là. Pendant que je vous portais à l'intérieur, ça s'est soudain mis à brûler tout seul. »

Son regard s'enflamma :

« Il pleuvait, et en même temps, la voiture brûlait ? »

Emma haussa de nouveau les épaules.

L'homme s'effondra sur le billot où elle décapitait les poules. Il était assis dans le sang caillé. Heureusement qu'il ne savait pas... Il serait si choqué qu'il recommencerait à brailler. Peu à peu, Emma reprenait confiance en elle. Il pourrait quand même la remercier, se dit-elle. Au bout du compte, c'est elle qui lui avait sauvé la vie, la nuit dernière.

« Vous avez mal quelque part ? » demanda-t-elle.

Il hocha la tête.

« Voulez-vous que je vous conduise chez le médecin ou bien que j'en fasse venir un ? »

À nouveau, il se contenta de secouer la tête.

« Vous voulez vous détendre ? J'ai un sauna, je l'ai mis en marche et j'y ai déposé des vêtements d'homme. Vous ne voulez pas les mettre ? »

Il fit oui de la tête, mais il ne bougea pas.

« Venez, je vais vous les montrer. »

Elle le précéda, il la suivit d'un air apathique.

Emma avait fait de son mieux. Elle avait préparé des œufs avec du lard. Elle avait posé sur la table du lait frais ainsi que du café et du pain qui embaumaient. Plus de la confiture de framboises maison.

L'homme entra dans la cuisine vêtu des habits de feu son père. Il s'assit à la table, raide comme un piquet, mais il ne toucha à rien.

« Allez, servez-vous ! »

Il secoua la tête.

Emma examina l'homme dans sa salopette vert olive et elle eut l'impression de revoir son père. Lui, il avait même une casquette de cette couleur. C'était le marchand ambulant Flachsmeier qui avait importé ce pendant masculin de la blouse. Tous les paysans de la région en portaient une, comme un uniforme en coton vert bon marché.

« Il était comment, le sauna, assez chaud ? »

À nouveau, il se contenta de remuer la tête.

Quand personne ne pouvait le voir, ni sa femme ni le vieux, le père d'Emma était presque tendre. Il lui caressait alors les cheveux. C'était rare, mais cela arrivait. Ce furent les plus beaux moments dans l'enfance de la petite fille. Et voilà qu'un homme qu'elle avait vu tout nu était assis à la table de cuisine dans les vêtements de son père.

« Vous êtes rentré dedans... dans le sauna ? »

Il se taisait.

« Non ? Dommage ! Vos blessures ne sont pas si graves, vous auriez pu. Et même, ça vous aurait fait du bien à vos bleus. »

Il restait immobile, comme une statue, le regard fixé devant lui. Alors, il tourna les yeux vers la gazinière, puis vers le garde-manger, vers la table et enfin vers le sol.

« Elles vous vont, les affaires ? Elles sont confortables ? »

Il grommela quelque chose qui ressemblait à « Mao ». Emma ne savait pas ce qu'il voulait dire. Ce n'était pas « Méo » quand même, le café ? Cela n'avait aucun sens ! Elle devint nerveuse. Qu'est-ce qu'il avait ?

Max était assis sur le bord de la chaise, les mains entre les cuisses, les jambes serrées l'une contre l'autre, les épaules voûtées, comme si la cuisine était trop petite pour lui.

Emma commença à manger, essuya sur sa blouse ses doigts couverts de confiture, caressa ensuite le chat, mordit à nouveau dans sa tartine, plongea en même temps dans la confiture les doigts avec lesquels elle venait de toucher la bête et, pour finir, se les lécha avec gourmandise. Max eut un frisson.

« Peut-être que je devrais quand même aller chercher le docteur ? Vous tremblez.

— Non, je vous en prie, pas de médecin. Personne. Je ne veux... »

Il n'acheva pas sa phrase. « ... pas être retrouvé », pensa Emma. Il était vraiment en cavale, le voleur. Maintenant, il allait bien devoir rester. Super ! Il avait de si beaux yeux.

« Pas faim ? Un café ? » susurra-t-elle en faisant tout pour plaire à cet homme.

Mon Dieu, pourquoi ne se réjouissait-il pas ? Alors qu'il avait tout : un petit déjeuner, des vêtements, et même la vie sauve ! C'était à elle qu'il devait tout cela, et cet imbécile n'était pas content.

Emma lui tendit la cafetière, mais il ne réagit pas. Il se tenait comme dans une cage. Il finit par demander sur un ton timide :

« Toutes ces affaires-là, qui les a... laissées ?

— Quelles affaires ?

— Eh bien !... ces déchets. »

Emma regarda autour d'elle. Elle ne voyait pas ce qu'il voulait dire.

« Où voyez-vous des déchets ? » s'enquit-elle avec naïveté.

Elle parcourut des yeux la pièce qu'elle appelait sa cuisine.

Tout ce qu'en principe on range dans un placard était ici sorti. Tout était ouvert. Tout traînait n'importe où, était renversé, s'écoulait petit à petit, était déjà séché, s'émiettait, gouttait, collait, puait, moisissait ou pourrissait. Combien de temps avait-il fallu à cette femme pour arriver à ce résultat ? Ce n'étaient pas des semaines ou des mois. Ce devaient être des années. Il lui avait fallu une vie pour parvenir à ça. Max lui donnait une trentaine d'années, peut-être un peu plus. Tout ce temps donc.

Qu'est-ce que c'était que cette créature pour ne pas en souffrir ? Pour manger ici au lieu de vomir ? Il la regarda, perplexe.

Emma commençait à être gênée, elle se leva de table.

« Bon, si ça ne vous plaît pas, je ne peux rien y faire », dit-elle en sortant.

À ce moment-là, Max reconnut l'image. Il avait déjà vu cette cuisine, cette femme qui venait de sortir. Tout ce bazar n'était pas un hasard. Son âme savait depuis le début qu'elle finirait ici. Chez cette cochonne. Voilà d'où venaient ses cauchemars, sa phobie de la saleté. Ce n'était rien d'autre que la peur de la mort. Quand le chaos régnerait, la mort viendrait le chercher.

Hier, elle l'avait sauvé, mon Dieu ! Et elle l'avait déshabillé ! Elle avait tout vu ! Comment avait-elle fait pour le porter dans son lit ? Sur ses épaules ? Comment avait-elle pu faire cela toute seule ? Il devait y avoir eu un homme.

Max regarda par la fenêtre, observant Emma qui poursuivait une poule. Elle caquetait comme l'animal, imitant sa démarche.

Ensuite, elle alla rendre visite au chien dans sa niche. Elle se mit à quatre pattes, s'avança vers lui, aboya et le taquina.

Pour finir, elle donna un baiser à un cochon qui s'approchait d'elle en trottinant, juste sur son groin humide et sale.

À ce moment-là, elle se tourna vers Max qui la fixait à travers la fenêtre sale. Elle savait qu'il l'observait. Alors, elle rit, elle lui rit au nez.

Henner déballa sa tartine au pâté de foie bien que la mobylette d'Emma se fît attendre. Que se passait-il ? Pourquoi ne roulait-elle pas aujourd'hui ? La vente aux enchères qui lui pendait au nez la troublait-elle à ce point ? Il eut bientôt la réponse à ses questions car le chef des pompiers, Karl, gara son énorme camion rouge et entra dans le minuscule commissariat.

Karl était un homme imposant, on aurait dit l'empereur Guillaume II, sans barbe, mais chauve et avec du ventre. Lui-même prétendait que ce qui dépassait de sa ceinture était du muscle.

Il y avait eu un accident dans la ferme d'Emma, une auto avait brûlé, il fallait inspecter et remorquer l'épave.

Henner fut surpris. Il enfila sa veste d'uniforme, mit sa casquette et demanda en sortant :

« Comment ça se fait que tu sois au courant ? Moi, je n'ai entendu parler de rien.

— Ben, comme toujours...

— Et Emma, elle a quelque chose ?

— Nooon.

— Et comment elle est arrivée là, cette voiture ?

— Par la route nationale. Ensuite, elle a dévalé le talus. C'est le garde forestier qui l'a vue, de très bonne heure ce matin. Il y a des arbustes de fichus.

— Et Emma, elle n'a vraiment rien ? »

Alors, Karl fronça les sourcils, regarda Henner d'un air sévère et dit :

« Quand est-ce que tu vas te décider à l'épouser, andouille ?

— C'est plus facile à dire qu'à faire », répondit Henner sur un ton geignard.

La cause de tous ses malheurs était déjà en train de cloper sur le siège arrière de la voiture en attendant qu'il démarre.

Henner s'assit au volant de son véhicule de police. Karl le suivit dans son camion de pompiers. Quoique ce fût tout à fait superflu, Henner mit son avertisseur en marche, et comme Karl ne voulait pas avoir l'air d'un con, il alluma aussi son gyrophare et sa sirène. Ils traversèrent le village, fiers de ce boucan comme des petits garçons.

Il se passait enfin quelque chose ! Tous sortirent pour savoir ce qui arrivait, les enfants étaient fous de joie, et assise à l'arrière la mère de Henner faisait signe de la main, saluant le peuple comme une reine.

Au même moment, à quelques kilomètres de là, Hans passait la route au peigne fin. Au cours de la nuit, il en était arrivé à la conviction que Max avait dû avoir un accident. Le souci qu'il se faisait pour son ami, mais aussi pour son argent et pour sa Ferrari l'empêchèrent de fermer l'œil. Il commença son enquête dès l'aube. À partir de l'endroit où il avait aperçu la voiture pour la dernière fois, il examina chaque mètre de bitume ; cependant il ne vit ni traces de pneus ni épave – rien. Si Henner et Karl n'avaient pas fait retentir leurs *pimpons pimpons*, il n'aurait jamais retrouvé son camarade. Mais là, il lui suffit de suivre le signal. Il s'arrêta, tendit à nouveau l'oreille et finit par remarquer les branches fraîchement cassées au-dessus du talus qui menait à la ferme d'Emma. Au bas de la côte, les sirènes se turent.

Hans fit quelques pas afin de voir les véhicules d'intervention garés dans la cour... et découvrit le tas de tôles calcinées. À sa plus grande honte, il constata qu'il pensa d'abord à la Ferrari et seulement ensuite à son copain. Non, Max ne pouvait pas être mort, il était bien trop jeune ! Il était aussi jeune que lui, après tout. Hans savait qu'il n'était pas près de mourir – il n'en avait pas le temps, et en plus, il devait encore réussir dans la vie.

Il se cacha derrière le tronc d'un vieux chêne. Où est-ce que ce salopard s'était planqué ? Il n'était pas mort quand même ?! Non. Hans allait certes le tuer tant il était furieux, mais il était sûr que Max n'était pas encore mort. Max... Quel Max ? Pas *Max* quand même ?

Pourquoi la voiture avait-elle pris feu ? Il n'y avait que dans les films de série B que les autos brûlaient – et encore, quand elles tombaient dans un ravin... En plus, il pleuvait des cordes ! Il y avait quelque chose de louche.

Il observa ce qui se passait en bas. Un petit policier descendait de voiture, suivi d'une vieille bonne femme qui fumait comme un sapeur et qu'on renvoya dans l'auto. Un pompier trapu se joignit à eux. Et une paysanne.

Accroupi un peu plus haut au bord de la rivière où il était en train de nettoyer ses chaussures à l'insu de tous, Max avait pris la fuite à l'arrivée des véhicules. Il s'était réfugié dans la véranda attenante au sauna, ce que Emma fut la seule à remarquer. C'était la preuve indiscutable qu'il avait des problèmes, en tout cas qu'il évitait la police.

« Attends un peu, mon gars », pensa-t-elle en riant d'avance et en allant à la rencontre de Henner et de Karl. Elle allait se venger de ce qu'il avait traité sa cuisine de tas d'ordures.

« Bien le bonjour, messieurs ! »

Henner se gratta la tête. Que se passait-il ? La voix d'Emma ressemblait au son d'une flûte de Pan :

« Bonjour, madame Schulze. Comment va votre vésicule ? »

Karl jeta un regard interrogateur à Henner. Qu'est-ce qu'elle avait ? Le policier haussa les épaules. Une fois de plus, il n'en avait pas la moindre idée. Lorsqu'ils lui demandèrent comment s'était déroulé l'accident, Emma recula sans raison apparente vers le sauna. Elle les forçait à s'en approcher.

Avait-elle vu quelqu'un la nuit précédente ? Quand l'auto avait-elle dévalé le talus ? Comment le feu avait-il pris ? Emma n'avait rien vu et rien entendu. Le conducteur ? Non, il n'y avait personne ici.

Max entendit qu'elle le couvrait, soulagé et reconnaissant. Mais elle s'approchait toujours. Les deux hommes pourraient bientôt le voir, dans la véranda. Pourquoi faisait-elle cela ?

Il fut obligé d'ouvrir la porte en bois qui menait dans le sauna brûlant et de se cacher derrière. Il la laissa entrebâillée, mais les trois autres venaient toujours plus près. Max était pris au piège. Il n'avait plus le choix : il dut entrer dans la fournaise et fermer derrière lui.

Entendant cela, Emma se réjouit avec perversité. Alors, elle s'arrêta juste devant la porte en compagnie des deux hommes en uniforme. Elle parlait de choses et d'autres.

À l'intérieur, Max retira ses vêtements. D'abord la chemise, puis les bottes et le pantalon. Il était noyé dans la vapeur. Il avait si peur qu'il suait et grelottait à la fois.

Emma le laissa mijoter et remit même des bûches avec l'aide de Henner.

Pendant ce temps, Karl inspectait l'épave calcinée, mais il ne trouva pas de cadavre. Le conducteur avait disparu sans laisser de traces. Le pompier renifla à différents endroits l'auto carbonisée, examina la peinture sur le toit, sur les côtés, sous le capot. Puis il fit signe à Henner de venir.

« Écoute, le toit est complètement brûlé et couvert de rouille, mais dans le bas, il y a des endroits où la peinture est intacte, et toute la bagnole pue l'essence. Le feu n'est pas parti du moteur. »

Alors, Henner déduisit :

« Intervention extérieure. »

Karl approuva avec un signe de tête :

« Tout à fait.

— Pourquoi le conducteur a-t-il mis le feu à sa voiture, après l'accident ?

— Le conducteur ou Emma...

— Emma ? Pourquoi cela ? »

Karl haussa les épaules. Henner lui donna l'autorisation de remorquer le véhicule.

Hans était trop loin. Caché derrière son chêne, il tendait l'oreille, mais il n'entendait rien. Néanmoins, il conclut que s'ils avaient trouvé un cadavre, ils auraient prévenu le commissariat central en ville. Donc, Max était vivant – Dieu merci ! Et l'argent ? Pourquoi avait-il mis le feu à la voiture ? Il avait encore l'argent.

La grue du camion de pompiers mit une plombe à charger les restes de la superbe Ferrari. Hans en avait le cœur brisé. Bon sang, si jamais il coinçait Max...

Celui-ci gisait maintenant sur le sol du sauna brûlant et essayait d'inspirer l'air qui passait en dessous de la porte.

Karl et Henner ouvrirent la portière de leurs véhicules respectifs et s'apprêtaient à partir. Max reprenait espoir, il avait l'impression d'être cuit à point. C'est alors que Emma demanda aux deux hommes s'ils ne voulaient pas prendre le thé.

« Du thé ? » paniqua Max.

« Du thé ? » se demandèrent Henner et Karl.

Emma n'avait jamais fait et encore moins bu de thé ! Seule la mère de Henner, reléguée sur le siège arrière du véhicule de police, se manifesta. Elle passa la tête par la portière :

« Du thé ? Oui, oui. Moi, je veux bien. »

Henner se faisait beaucoup de souci pour Emma. Du thé !? Elle avait d'urgence besoin de repos. Sinon, elle allait devenir folle à lier.

« Pas question, intervint-il, tu n'auras pas de thé. »
Et il renvoya sa mère dans le fond de la voiture.
« Mais enfin, je veux du thé !

— Ça suffit maintenant. »

Karl fit un signe d'approbation.

Henner s'assit au volant et démarra, suivi du camion de pompiers.

Soudain, Hans vit quelque chose qui fumait sortir d'un cabanon et courir à toute allure vers la rivière. Quelque chose de rouge et de tout nu, qui plongea en criant. Au moment où le corps entrait dans l'eau, il y eut un grésillement.

Emma se mit à danser de joie, elle se roula par terre en hurlant de rire. Le chien accourut en aboyant, des poules s'envolèrent.

Hans reconnut Max. Il était donc bien là ! Qu'est-ce que ça voulait dire, cette histoire ? Il n'y comprenait rien. Il décida de le cuisiner pendant la nuit. Il remonta le talus en vitesse. Max dans un sauna ? Dans un cours d'eau dégueulasse ? Max, rouler son ami et démolir une Ferrari ? Lui qui croyait le connaître, il s'était joliment trompé.

Max s'était maintenant rafraîchi. Il était accroupi dans la rivière, dont la source se situait plus haut dans la forêt. L'eau était très propre, mais aussi très froide. Il était tout nu et n'osait pas en sortir car Emma se tenait devant lui et le regardait en ricanant. Il sourit. Il se montrait enfin plus aimable envers elle. Le sauna avait donc marché.

« Au fait, je m'appelle Max.
— Et moi, c'est Emma.
— Enchanté, dit-il.
— Merci, merci, répondit-elle. C'est bien réciproque.

— Merci de ne pas m'avoir vendu.
— T'as des problèmes ?
— Oui, un peu.
— Ça ne fait rien.
— Merci.
— Je t'en prie.
— C'est vraiment un beau sauna.
— Oui, n'est-ce pas ? En plus, c'est bon pour la santé.
— Ah oui ? »

La peau de Max avait rougi sous l'effet de la chaleur. Maintenant, elle virait assez brutalement au bleu. Il commença à grelotter, il claquait des dents. Emma le laissa enfin en paix et repartit vers la maison. En chemin, elle rencontra le coq qui avait l'air très perturbé par la nuit précédente. Aujourd'hui, sa formule « Rien à signaler » ne convenait pas.

« Au rapport : une auto, un accident, un inconnu. Il y a eu le feu. En... en... »

Il ne s'en sortait pas. Emma se pencha vers lui et lui caressa la crête.

« N'aie pas peur. Personne ne va chanter à ta place.
— Avant, se plaignit l'animal, c'était toujours bien. Maintenant, ça n'est plus bien. »

Emma sourit :

« Mais si, c'est bien !
— Les hommes sont mauvais.
— Oui, mais pas lui. »

Elle le laissa en plan et rentra. La crête du coq se gonfla de jalousie.

Max sortit de l'eau et retourna en courant vers le sauna où il trouva des serviettes de bain, grandes comme des draps. Il s'enroula dans l'une d'elles et s'allongea dans le hamac de la véranda. C'était presque comme sur son île au Mexique.

Quelle merveilleuse sensation ! D'abord brûlant, puis glacial, et maintenant chaud. C'était tout simplement bon. Il aurait pu s'y faire. Le soleil brillait, le ciel était bleu, une alouette chantait. Soudain, ses soucis étaient très très loin. Le temps semblait s'être arrêté, ses pensées n'erraient ni dans le passé ni dans un sombre avenir, mais elles étaient là où elles se trouvaient. Il avait découvert l'instant. Pour la première fois, il vivait le présent.

La naissance d'Emma avait été une catastrophe. Sa mère avait attendu des années avant de tomber enceinte. Son bas-ventre était en compote et elle ne pouvait avoir qu'un seul enfant. Or c'était une fille. Cela signifiait la disparition de la famille et le déclin de la ferme. Emma, c'était la fin.

Le grand-père mit tout cela sur le dos de son fils. Il n'était bon à rien, il n'arrivait même pas à faire un héritier valable.

Emma, elle, se portait comme une fleur. Elle avait toujours faim, elle était en bonne santé et s'intéressait à tout. En secret, le père était fier de sa fille. Elle l'assistait autant qu'elle pouvait. Elle avait les cheveux courts, elle était tout le temps sale, ne portait que des pantalons et montait aux arbres plus haut que tous les garçons des environs. Elle ne jouait jamais à la poupée. À sept ans, elle savait déjà conduire le tracteur et travaillait comme une bête de somme. Pourtant, son père disait avec amertume à intervalles réguliers :

« Ah ! si seulement tu étais un garçon... »

Cette petite phrase détruisait en elle tout espoir. Elle avait fait tout ce qu'elle pouvait pour qu'il fût satisfait. Mais elle ne pouvait tout de même pas changer de sexe ! Quand elle commença à avoir de la poitrine, son père ne lui parla plus.

Son grand-père la traitait de deux manières différentes : d'un côté, il la méprisait ; de l'autre, il la dressait quand même comme si elle était son petit-fils.

À chaque printemps, il lui exposait les dangers qu'elle encourait si elle se comportait comme une fille, appelait à l'aide, faisait la chochotte, ne travaillait pas comme les autres, c'est-à-dire élever et abattre du bétail. Elle devait apprendre à jamais ce qui comptait dans l'existence, quel était le sens de sa vie. Pour sa démonstration, il se servait de moineaux.

Dès qu'il commençait à faire chaud, il regardait ces oiseaux qui ne servaient prétendument à rien faire leurs nids dans les gouttières et empêcher ainsi l'eau de s'écouler. Il aurait pu détruire les nids sur-le-champ, sans faire d'esclandre. Mais ce n'étaient pas tant les gouttières qui lui importaient ; ce qu'il voulait, c'était donner une leçon à Emma.

La petite-fille observait, ravie, les parents moineaux qui s'aimaient et célébraient leur union, la mère qui pondait ses œufs avec fierté.

Le grand-père, lui, n'arrêtait pas de se moquer des mâles remplis d'attentions envers leurs femelles afin que celles-ci puissent couver en toute tranquillité. À ce moment-là, il aurait encore été possible – puisqu'ils bouchaient les gouttières – de déplacer les nids des moineaux sans causer trop de dégâts. Mais le vieux n'en faisait rien.

Il attendait que les oisillons fussent sortis de leur coquille et qu'ils pépient pour réclamer leur nourriture. Alors, les parents étaient plus soucieux que jamais de leur progéniture. Ils n'arrêtaient pas de prendre et de donner, de nourrir et de soigner, ce qui rendait le vieux malade. Le moment propice était venu.

D'une voix profonde, il appelait sa petite-fille :
« Emma, viens ici ! »

L'enfant avait peur de lui. Voulait-il à nouveau la rouer de coups ? Qu'avait-il en tête ?

« Non, grand-père ! gémissait-elle. Je ne veux pas. »
À l'entendre, on aurait cru qu'il dressait un chien.
« Viens ici, je te dis ! »

Emma n'avait pas le choix. Elle apercevait son père caché derrière une porte de la porcherie, la mine apeurée.

Le grand-père appuyait sur le mur une échelle que Emma devait tenir. Le vieux montait. L'enfant savait le danger qui guettait les oiseaux, elle le suppliait :

« Ils n'ont rien fait, grand-père, ils sont encore tout petits ! »

Mais le vieux plongeait déjà son énorme paluche dans le nid, saisissait tous les petits moineaux qui venaient de sortir de leur coquille et redescendait de l'échelle. Les parents s'égosillaient autant qu'ils pouvaient pour défendre la vie des nouveau-nés.

Le grand-père tendait le bras sous les yeux d'Emma et ouvrait la main. Celle-ci contenait de minuscules oiseaux, chauves et si minces que l'on voyait leurs organes à travers la peau. Leurs becs étaient jaunes.

« Maintenant, écoute-moi bien, disait le grand-père. Ces bestioles bouffent ce que j'ai semé et récolté à la sueur de mon front. Ils ne sèment rien et récoltent quand même ! »

Tout enfant, Emma avait gémi et supplié d'avoir pitié des petits. À l'adolescence, elle avait essayé d'expliquer et d'argumenter. En vain. Plus tard, elle ne disait plus rien. Elle serrait les mâchoires et détournait le regard.

« Écoute ! »

Son grand-père lui donnait un grand coup de coude dans les côtes. Ce rite cruel se répétait à chaque printemps. Tous les ans, des moineaux piaillaient dans sa main.

« Dans cette ferme, celui qui veut manger doit bosser. Mets-toi bien ça dans la tête. Celui qui ne travaille pas... »

Sa voix devenait menaçante, sa phrase s'achevait par un geste. Il levait sa paluche, prenait son élan et projetait contre le mur de la maison les petits moineaux qui venaient s'y écraser. Emma tressaillait de tout son corps. Le grand-père jouissait du choc qu'il infligeait à l'enfant. Et il voulait bien entendu aussi meurtrir son fils adulte qui, caché derrière la porte, se mordait le dos de la main. Petit garçon, le père avait lui-même reçu cette leçon, et aujourd'hui il n'avait pas la force de l'épargner à sa fille.

En lui-même, le grand-père rirait de méchanceté et de haine pendant des jours entiers en se rappelant le visage scandalisé de sa petite-fille ou son fils qui se mortifiait. La violence lui procurait un profond plaisir.

À travers ses larmes, Emma regardait les cadavres broyés des petits moineaux. Elle n'arriverait plus à les recoller ou à leur rendre la vie. Alors, son visage se durcissait pour plusieurs jours, voire pour des semaines. La nuit, elle était prise de panique ; elle criait et pleurait ; elle errait dans la maison et, le lendemain matin, ne se souvenait plus de rien. C'était toujours la même chose quand le printemps venait. Depuis, Emma savait ce qui comptait dans l'existence.

Par la plus grande des injustices, le grand-père tyrannique mourut de façon très paisible. Il s'endormit, comme d'habitude, sans souffrances, sans avoir jamais été malade, à l'âge béni de quatre-vingt-cinq ans. Le père d'Emma, au contraire, perdit la vie dans un accident de moto. Il avait emprunté celle-ci pour sentir ce que cela faisait d'avoir un peu plus de patate que sur sa petite Zündapp. Et il avait bu.

Dans le bled voisin, il sortit du virage et alla s'écraser contre le mur de l'église en briques rouges. Sa jambe droite fut arrachée, ses yeux explosèrent et un morceau de cervelle s'écoula sur la chaussée. Emma disait toujours qu'il était mort comme un petit moineau.

Juste deux semaines plus tard, la mère d'Emma s'effondra dans la cuisine. Même le médecin ne comprenait pas pourquoi. Dans la région, ça n'intéressait personne de savoir de quoi quelqu'un était mort.

À l'époque, Emma avait dix-sept ans et n'était pas

encore nubile. Cela lui prit au beau milieu de l'enterrement. Elle avait donc eu sa première ovulation deux semaines auparavant, pile le jour où son père s'était éclaté contre le mur de l'église. Chaque fois qu'elle avait ses règles, elle pensait inévitablement à la mort de ses parents. Il n'y avait rien à faire.

Emma resta seule à la ferme. Elle mit toute son énergie à élever et à abattre du bétail. Celui qui veut manger doit bosser.

Et du travail, il y en avait en quantité. Cela faisait longtemps que son grand-père n'avait plus à le lui répéter. Emma était prisonnière de la ferme – même s'il n'y avait pas de chaînes.

C'est d'ailleurs pourquoi elle était maintenant dans l'arrière-cuisine, examinant ses instruments propres et ses couteaux aiguisés qui attendaient, posés en ordre, le moment d'intervenir. Elle avait tout préparé avec soin pour le jour du cochon. Les épices étaient fraîchement moulues, le hachoir et la machine à saucisses nettoyés et remontés.

Les ustensiles et appareils en fonte étaient dans la famille depuis des générations. Les couteaux provenaient en partie de son arrière-grand-père. C'était son grand-père qui avait acheté la machine à saucisses et son père le hachoir électrique.

Le vieux Flachsmeier venait quatre fois par an aiguiser les couteaux. Il livrait aussi les tabliers, sur son Ape, une sorte de mobylette à trois roues avec de la tôle tout autour et une plate-forme à l'arrière. Un engin à deux temps qu'il avait rapporté d'Italie. C'était à peine croyable, mais Flachsmeier était allé là-bas

dans sa jeunesse. Il passait sa vie à réparer son Ape
— c'est de l'italien, ça veut dire « abeille ».

À la naissance d'Emma, c'était déjà lui qui avait fourni les langes. Et il passait toujours, avec son savon de Marseille, ses brosses, ses lacets, ses bottes, ses attrape-mouches, sa graisse à traire, ses cartouches, ses sous-vêtements grossiers et, donc, ses blouses.

Flachsmeier était le dernier marchand ambulant. Son métier était aussi rétrograde que son esprit. Dans la région, tout était plus vieux qu'ailleurs. Un jour, le temps s'était arrêté ou alors il coulait moins vite. Le nouveau millénaire avait commencé sans que rien eût changé dans l'existence d'Emma, du producteur de patates, de Henner ou de Flachsmeier. Henner avait une voiture de police comme on n'en faisait plus. Le paysan ramassait ses pommes de terre à la main, comme par le passé. Flachsmeier avait une abeille à trois roues et Emma égorgeait ses cochons à l'ancienne pour en faire de la charcuterie.

Aujourd'hui, elle regardait ses instruments sans entrain et elle décida de remettre ce travail au lendemain. Il était presque midi, il s'était déjà passé trop de choses, elle en avait assez. Elle n'avait pas du tout la tête à abattre un cochon. Elle sortit, s'appuya contre la porte et regarda en direction du sauna où l'étranger somnolait dans le hamac. Peut-être que maintenant il se plaisait mieux ici. L'idée qu'il se plaisait plaisait à Emma. Parce qu'alors il resterait. Elle avait tellement envie qu'il reste !

Elle sentit un poids désagréable peser sur ses paupières. Pourquoi avait-elle la gorge nouée ? Pourquoi avait-elle si souvent des battements aux tempes ? Pourquoi travaillait-elle tout le temps ? Pourquoi ne parvenait-elle à s'endormir que lorsqu'elle s'était crevée à la tâche pendant quatorze heures et que son corps lui faisait aussi mal que si quelqu'un l'avait rouée de coups ? Pourquoi faisait-elle ce qu'elle faisait ? Pourquoi ne pas partir d'ici pour faire autre chose ?

Elle était ici et faisait ce qu'il y avait à faire. Toute seule, tous les jours, sans jamais de congés. Elle n'allait même pas en ville. Pourquoi ? Elle avait une mobylette. Une maison. Des blouses. Des cochons.

Une chance qu'il y eût les cochons.

Emma monta dans la grange, mélancolique et rêveuse. Elle ne s'arrêta pas dans son petit coin, mais elle alla plus loin, au fond. Là, elle ouvrit une trappe. Juste en dessous, il y avait le box de la vieille truie, celle qui n'avait plus eu de portées depuis longtemps. Emma aurait dû lui avoir réglé son compte depuis un bon moment, mais elle n'avait pas la force de tuer cette bonne vieille.

Elle fit tomber un ballot par la trappe. Puis elle s'assit au bord du trou, laissant pendre ses jambes, et elle se jeta dans le box de l'animal. Elle sortit son canif de la poche de sa blouse, coupa la ficelle et éparpilla la paille. Cela plut beaucoup à la vieille truie. Elle y enfouit son groin humide en forme de prise électrique, la remua, la renifla et, pour finir, y roula avec jouissance son énorme corps gras.

Emma l'imita : elle remua la paille, la renifla et se roula dedans. Elle s'allongea à côté de la bête et se blottit contre son corps, qui était beaucoup plus grand que le sien et pesait quatre à cinq fois plus.

La peau des cochons ressemble à celle des hommes. Les organes aussi sont identiques, ils se trouvent presque au même endroit chez la femme et chez la truie. Aucun animal ne rappelle autant l'homme que le porc.

Emma se rapprocha encore de la bête pour se serrer tout contre elle. Elles aimaient beaucoup cela, toutes les deux. Les animaux reculent quand on leur fait des caresses douces. Mais une pression ferme, une bonne frappe sur l'échine ou le flanc les calment, au contraire.

Ici, auprès de la grosse truie dans la paille fraîche, Emma parvenait à se détendre. Elle ne se souciait plus ni de la vente aux enchères imminente, ni de la mère de Henner, ni des dollars. À l'instant encore, elle craignait que l'étranger pût la quitter. Ici, dans la paille, elle avait l'espoir qu'il reste. À jamais.

Max s'était endormi dans le hamac. En se réveillant, il alla chercher ses vêtements dans le sauna maintenant refroidi.

Il regarda alors l'intérieur avec un peu plus d'attention et admira le bois sculpté au-dessus de la fenêtre. C'étaient des décorations symétriques qui faisaient penser à des pétales de pissenlits ou de marguerites. Les fleurs étaient peintes en jaune, rouge et rose ; le cadre de la fenêtre en revanche était vert. Cette cabane donnait l'impression de s'être égarée. Comme si elle était partie de Russie et qu'elle était restée coincée ici. Max se mit à rigoler en pensant que lui aussi, il était coincé : il n'était pas chez lui ici, non, vraiment pas chez lui.

Le sauna était magnifique et le jardin splendide. Pourquoi, se demanda-t-il, y avait-il autant de désordre à l'intérieur de la maison ? Pourquoi la porcherie était-elle grande ouverte ? Pourquoi les poules avaient-elles le droit de se promener partout en caquetant ? Pourquoi n'y avait-il pas de muret autour du fumier ? Il fut pris d'un frisson. Il voyait les cochons qui somnolaient dans la fange à l'ombre du hêtre. Par bonheur, le pré était entouré d'une clôture, sinon il se serait aussitôt enfui de peur. Ces porcs étaient beaucoup plus grands qu'il ne l'avait jamais imaginé. Il faut dire qu'il n'en avait jamais vu de sa vie. Il n'en connaissait que sous forme d'escalopes, sous vide et panées.

Max mangeait aussi des œufs. Il aimait même beaucoup cela. Mais il n'avait encore jamais vu une poule pondre. Celles d'Emma étaient marron. Elles grattaient la terre, picoraient et chiaient partout. Si l'une d'elles osait s'approcher du sauna, il la chasserait. C'était maintenant son domaine.

Il scruta autour de lui, mais il ne voyait et n'entendait Emma nulle part. Il ouvrit sans bruit la porte principale de la grange. À l'intérieur, il faisait frais et sombre. Des rayons du soleil passaient en faisceaux à travers la fenêtre sale. Une infinité de grains de poussière dansaient dans la lumière et brillaient comme de minuscules diamants sertis dans l'air.

Il y avait une herse et une charrue. Un chariot et un petit tracteur. Des sacs. Du désherbant. La paille se trouvait à l'étage, au-dessus des boxes. Il y avait une échelle.

Max aperçut en dessous du toit un grand grappin en acier alimenté par des câbles électriques qui redescendaient ensuite vers la porte. De gros fils de fer étaient tendus entre le sol et le grenier. Il observa toute cette installation sans savoir à quoi elle servait.

La paille était propre, supposa-t-il. Il ne remarqua pas les souris qui lui jetaient des regards curieux de leurs petits yeux marron. Il y avait même une chouette, et des chauves-souris étaient pendues au plafond. Certes, il aperçut les fines toiles d'araignée, mais par bonheur il n'imagina pas un instant la taille repoussante des bestioles tapies dans leur coin. Le rat logé derrière les sacs de pommes de terre aussi l'aurait effrayé. C'était un albinos que même Emma n'avait vu qu'une seule fois.

Max grimpa au sommet des ballots et se laissa glisser sur la paille. Quelle odeur merveilleuse ! Cela rappelait un peu les sels de bain qu'il utilisait chez lui.

Bien sûr, Emma n'avait pas encore refermé la trappe, elle ne pouvait pas savoir... Elle n'était pas habituée à ce qu'on se promène dans le grenier. Max était fier d'avoir fait preuve de tant d'audace. Il était fier de se sentir aussi peu incommodé par la poussière.

Mais soudain, il se retrouva au bord du trou. Face à lui, il y avait une poutre qui en soutenait une autre. La grosse chouette qui dormait dessus fut réveillée par les mouvements de l'intrus. Elle poussa un cri inoffensif : « Ouh ouh... »

Max se figea. L'oiseau était juste devant lui, à vingt centimètres de son visage. Cette découverte lui fit l'effet d'un coup dans l'estomac. Il poussa un cri perçant.

Cela réveilla les chauves-souris qui prirent leur envol et échangèrent leurs places. Effrayé par le bruit qu'elles faisaient, Max cria de nouveau.

Il tituba et perdit l'équilibre, tombant par la trappe droit sur le dos de la vieille truie. Celle-ci hurla de douleur et d'effroi. Max aussi.

Emma réagit très vite. Elle releva Max et le projeta avec une force herculéenne au-dessus de la porte à claire-voie pour qu'il ne lui arrivât rien. Elle-même devait maintenant se méfier du cochon car on ne peut pas prévoir les réactions d'une bête qui prend peur. Dans une telle situation, une truie est capable de tuer ses propres petits. Emma suivit Max sans tarder.

Celui-ci était tout retourné. Emma le prit par la main et l'entraîna dans la cour. Livide, il tremblait de tous ses membres. Elle était hors d'haleine. Il ne sentait plus ses jambes, il tomba par terre. Elle s'agenouilla aussitôt et posa la tête de Max sur ses genoux. Elle le caressa pour l'apaiser.

« Vous m'avez jeté par-dessus bord ! » gémit-il.

Emma ricana d'un air fier, montra ses biceps et les contracta :

« Ça, c'est du muscle, pas vrai ?

— Je veux rentrer », sanglotait-il.

C'était la première fois que Emma tenait une personne dans ses bras. Sinon, c'étaient toujours des bêtes. Elle n'avait jamais eu le droit d'être tendre avec Henner. Heureuse de pouvoir le protéger, elle caressait la tête de Max. Elle n'avait encore jamais rien éprouvé, jamais rien vécu de semblable. Elle ne le laisserait jamais partir, jamais plus. Il devait se sentir ici chez lui. Chez elle.

Quand Max se fut ressaisi, il voulut retourner au sauna. Alors, Emma lui fit un lit, avec un matelas, des coussins et une couette. Elle posa une bougie, lui apporta une carafe de jus de pommes et le laissa seul. Il ne prononça plus une syllabe.

Plus tard, dans l'après-midi, elle le vit à nouveau allongé dans le hamac. Elle alla chercher des fruits et des légumes dans le jardin, les nettoya et les coupa en petits morceaux, une assiette pleine. Elle posa celle-ci à côté de lui, sur la table de la véranda. Sans dire un mot, il fit un signe de la tête, comme pour la remercier.

Quand elle revint, le soir, l'assiette était vide et le hamac aussi. Elle s'assit dans la véranda, et à ce moment-là, il sortit du sauna, qui était maintenant devenu sa chambre à coucher. Il s'arrêta sur le pas de la porte.

Emma lui avait apporté une lampe de poche et d'autres bougies. Mais il devait faire attention. Une cabane en bois, ça brûle vite !

Il lui répondit de manière un peu formelle :

« Je vous remercie de votre hospitalité. Mais par malheur je ne peux pas rester. Demain, je... ouïe ! »

Il s'écroula, se tordant et hurlant de douleur. Emma se leva et se précipita vers lui. Inquiète, elle lui demanda s'il s'était fait mal en tombant tout à l'heure. Quand il eut repris son souffle, il la repoussa. Il ne voulait pas qu'elle le soutînt. Pourtant, il était toujours plié en deux, s'agrippait au montant de porte et gémissait.

« Merci, pas besoin de... Ce n'est rien. C'est juste mon ventre, une vieille histoire. Ça va aller. Je vais partir demain matin. Merci beaucoup pour tout ce que vous faites. Bonne nuit. »

Il ne lui laissa aucune chance de répondre. Il avait déjà refermé la porte.

Emma monta dans sa chambre et respira la couette qui exhalait encore son odeur. Cela sentait le bois résineux et la cannelle. Pourquoi voulait-il donc partir, l'homme aux beaux yeux marron ?

Pour une fois, c'était une femme qui sauvait un homme. Elle le consolait comme une mère, et après ça, il avait honte ? C'était pour ça qu'il parlait aussi peu ? Où voulait-il aller, sans argent ?

À l'intérieur de l'armoire, sur la porte gauche, il y avait un miroir dans lequel, ce soir, Emma se regarda en se déshabillant. Elle s'était fait une espèce de chignon, se perdit dans la contemplation de son corps et imagina des mains étrangères qui lui dénouaient les cheveux. Des mains propres et blanches, posées sur ses épaules. Des mains d'homme qui défaisaient avec lenteur les boutons de sa mocheté de blouse, s'arrêtaient sur ses seins, les lui caressaient, les excitaient, effleuraient ses épaules pour la déshabiller.

Emma fit glisser une main le long de son ventre, la fit tourner autour de son nombril et se perdre dans ses poils pubiens. De l'autre, elle enserra sa poitrine. Elle alla ainsi à la fenêtre grande ouverte et regarda le ciel sans nuages rempli d'étoiles. Le sauna était loin, de l'autre côté de la cour. Il ne pouvait donc pas la voir. S'il l'avait aperçue, cette image lui aurait rappelé quelque chose. On aurait dit la *Vénus* de Botticelli. Il ne manquait que le coquillage. En revanche, il y avait le vent d'ouest.

« Que dois-je faire, mon Dieu, pour le garder ? » demanda-t-elle, nue, le regard tourné vers le Ciel.

Pas de réponse.

Seuls les grillons chantaient. Les musaraignes se grattaient le pelage. Le vent tournait. Elle avait beau implorer le Ciel, il ne se passa rien.

Parfois, Emma avait faim, vraiment faim. Quand elle était aux champs par exemple, qu'elle devait retourner le foin et qu'elle avait oublié son goûter. La faim croissait en elle, gonflait, faisait tout pour se faire remarquer. Alors, son corps changeait de dimension. Son ventre régnait en maître. Il en devenait le centre, énorme et vide. Il criait sans cesse : « Remplis-moi ! À manger ! Je t'en prie ! J'ai mal ! »

La soif aussi était quelque chose du même genre. Il suffisait que sa gourde fût vide et que la sueur la privât des dernières gouttes qu'elle avait en elle pour que sa bouche se manifestât. Sa langue collait, grossissait. Tout son corps était en danger. Plus rien n'avait d'importance. Si seulement elle avait enfin à boire... Ses sens poussaient des cris d'alarme, ils devenaient fous.

Et maintenant, pour la première fois, elle sentait monter en elle le désir. Cela rappelait la faim et la soif, mais c'était nouveau. Elle avait bien toujours éprouvé quelques pulsions, mais ce besoin-ci était sans mesure. Emma se sentait désespérée, comme quelqu'un qui craint pour sa vie. Et de fait, c'était bien de cela qu'il s'agissait – sauf que ce n'était pas sa propre vie, mais une vie nouvelle qui jaillissait en elle. Emma était une femme en bonne santé, dans la force de l'âge. Son corps n'attendait qu'à être fécondé. Il s'était développé en elle une concupiscence qu'elle ne pouvait plus contenir. Elle éprouvait l'envie incontrôlable que l'étranger saisisse tout ce qui s'offrait à lui, qu'il lui serre les seins, les porte à sa bouche, les suce, les lèche. Que ses doigts fermes la pénètrent, la serrent et l'empoignent, la caressent et la massent. Qu'il lui déchire sa blouse, qu'il devienne violent, pourquoi pas ? Et que sa langue entre en elle, qu'il la prenne enfin. Mon Dieu, elle donnerait sa vie pour cela.

Dis, toi, qui est-ce qui t'a envoyé dans ma ferme au beau milieu de la nuit ? Viens et prends-moi !

Mais comment aurait-il pu exaucer ce souhait ? Comment faire pour qu'il s'ouvre, cet homme renfermé ? Comment retenir quelqu'un qui veut partir ?

Emma se rhabilla et s'élança dans la nuit, sans lampe. Elle ne voulait pas qu'on la voie et de toute façon, ici, elle connaissait la moindre pierre, la moindre souche, le moindre chemin. Elle parcourut une centaine de mètres dans le pré, puis elle monta vers la petite église et passa à droite de la vieille école. Henner habitait à la sortie du village.

Emma le réveilla en sifflant entre ses doigts. Il passa la tête par la lucarne, l'air endormi, mais aimable.

« Qu'est-ce que tu veux ? »

Il leva les yeux au ciel et ajouta :

« À cette heure-ci ?

— Dis donc, Henner. Comment on joue au loto ? » demanda-t-elle.

Il poussa un profond soupir. Elle était donc bel et bien devenue folle.

« Attends, je t'ouvre. »

Il descendit sans bruit pour ne pas réveiller sa mère. Il n'aurait plus manqué que cela ! Il fit entrer Emma. Dans la cuisine, il ouvrit deux canettes sans prendre la peine de demander si elle en voulait une et les posa sur la table. Il trinqua en heurtant la sienne contre celle d'Emma, qui n'y toucha pas. Il remarqua qu'elle avait les yeux brillants. Elle lui semblait plus excitée que d'habitude. Et sa voix avait un timbre différent :

« J'ai eu une révélation, tout à l'heure. J'ai vu de l'argent pleuvoir sur moi, des billets, beaucoup de billets.

— Ah ! oui... »

Henner la laissa tout d'abord parler.

« Mais je ne sais pas qui pourrait me les offrir. Je ne risque pas d'hériter, je n'ai personne. Et il n'est pas question que je pique de l'argent, n'est-ce pas, Henner ?

— Non, tu ne peux pas piquer. Ce serait du vol. Et le vol, c'est interdit.

— Tu vois bien, Henner. C'est toi qui me l'as l'appris. Donc, il ne reste plus que le loto. Pas vrai ?

— Et tu crois que tu vas gagner ? »

Alors, Emma prit quand même sa canette en main. Elle en but presque la moitié d'un trait, s'essuya la bouche et ajouta :

« C'est que j'ai eu une révélation. Dis-moi, Henner, comment on joue au loto ?

— Bon, je peux bien te rapporter un billet. On en vend au tabac où j'achète toujours mes bâtons de réglisse. Demain après-midi, ça te va ? Je te montrerai comment remplir le billet, et après on verra.

— C'est trop tard, demain après-midi ! Ma révélation, c'est que je dois faire ça très tôt.

— Tôt ou tard, c'est pareil. Le tirage, c'est samedi de toute façon.

— C'est trop tard, je veux dire à cause des chiffres. Le loto ne me servira à rien si je ne marque pas les bons.

— Non, bien sûr. Si tes chiffres sont faux...

— C'est ce que je dis, Henner. Or il faut que je gagne, et je ne trouverai les bons numéros que demain matin. C'est un sentiment que j'ai. Rien que demain matin. C'est pour ça que je suis venue te déranger si tard. »

On aurait dit une mauvaise farce paysanne : un valet de ferme qui s'entretient avec une fille de ferme dans l'étable – voilà à peu près le niveau. Mais tout d'abord, Emma pensait que Henner n'était pas une lumière. Et ensuite, elle devait faire l'imbécile pour qu'il continue de croire qu'elle était au bout du rouleau. Là, il ferait quelque chose pour elle. C'était ça, son but. Emma n'avait pas du tout envie de jouer au loto. Elle voulait juste qu'il se pointe à la ferme très tôt le lendemain matin avec son véhicule de police.

« Qu'est-ce qu'il y a, Henner ? »

Emma vida la canette. Peut-être qu'elle trouverait encore une manière d'expliquer qu'elle avait soudain autant d'argent. Le loto, sa révélation...

« Bon, c'est comme tu veux, Emma... »

Henner fit un sourire timide. Puis il ajouta dans un élan d'audace :

« ... ma petite chérie. »

Emma, dont le corps était toujours affamé, eut soudain l'espoir d'obtenir au moins un peu d'attention.

« Je suis ta petite chérie ? »

Il répondit d'un air gêné :
« Ouais, on peut dire ça.
— Tu veux quelque chose, Henner ? »
Emma s'assit sur ses genoux et tripota son pyjama. Mais Henner gigotait sur sa chaise d'un air gêné :
« Non, pas ici. Je ne préfère pas maintenant.
— Alors, c'était quoi ce *ma petite chérie* ? demanda-t-elle agacée.
— Je voulais juste dire que tu étais ma petite chérie. T'es pas obligée de tout de suite penser à ça. Je voulais juste dire quelque chose de gentil. Puisque tu vas pas bien.
— Dire, mais pas faire, hein ! c'est ça ? »
Henner dodelinait de la tête comme si sa nuque n'était pas bien ferme.
« Elle risque de se réveiller, et demain, elle va me refaire une crise. Me demander : Pourquoi ça à nouveau ? Et ce genre de choses. Je n'aime pas ça. »
Emma était frustrée. Ou plutôt en rage. En rage avec ch : en rache.
« Bon, eh bien ! à demain alors. Avec le billet de loto, compris ? »
Henner devait changer de programme. Il lui en coûtait beaucoup, comme tout ce qui n'était pas dans ses habitudes.
« Bon, pour une fois, je vais aller acheter ma réglisse de bonne heure. Normalement, je ne fais pas ça. Flachsmeier ne va pas en croire ses yeux de me voir soudain arriver si tôt. Surtout quand je vais lui demander un billet de loto. Je ne lui ai jamais fait ça. »
Emma se mit à parler comme une infirmière en chef :
« Hé non, Henner ! Tu vas le surprendre. Et alors ? »

Henner lui ouvrit la porte d'entrée. Il s'était mis à pleuvoir et Emma n'avait rien pris pour se couvrir. Il lui donna donc un des énormes fichus de sa mère. Le foulard était affreux, mais elle le mit quand même, se le noua en dessous du menton et le tira sur son front.

« Tu ressembles à une sorcière comme ça.

— Merci, Henner. »

Il ne remarqua même pas le sarcasme dans sa voix.

« Merci du compliment et merci pour cette belle soirée. Maintenant, je vais rentrer dans ma maison en pain d'épice. Bonne nuit. »

Emma força un peu plus la cadence qu'à l'aller. Elle avait obtenu ce qu'elle voulait. Ou presque. À quoi ça servait qu'il dise *ma petite chérie* ? En rache, qu'elle était.

Le corbeau apprivoisé l'attendait au bord du sentier qui menait à sa ferme.

« Alors, corbeau ? » le salua-t-elle.

Elle l'avait trouvé il y a longtemps, alors qu'il ne savait pas encore voler. Il était tombé du nid et s'était cassé une aile. Elle avait réussi à le guérir et à l'élever. Désormais, il allait et venait comme bon lui semblait. Cela plaisait à Emma. L'oiseau se posa sur son épaule gauche et l'accompagna un bout de chemin.

Emma lui raconta que le méchant Henner l'avait fâchée. La bestiole répondit d'un croassement que même chez les corbeaux, cela ne se faisait pas. Mettre à la porte une femme qui recherche l'amour, quel péché !

Et Emma de dire : « Exactement, un péché. »

Entre-temps, Hans était revenu à la ferme et s'était introduit dans le logis. Il avait commencé par tendre l'oreille dans l'obscurité, essayant de percevoir la respiration de Max ou de la femme, mais la maison semblait vide. Il n'y avait personne. Pourtant, Max devait bien être quelque part ! L'intrus alluma sa lampe de poche et fut surpris par le capharnaüm. Il se demanda quelle sorte de voiture il pourrait bien vendre à un individu qui vivait dans des conditions pareilles. Une 2CV serait du gâchis, c'était trop élégant. Il faudrait plutôt une 4L, avec les vitesses au tableau de bord, ou un utilitaire Seat gris souris, un de la première série. En temps normaux, il faisait récurer ses occasions. Mais pour ce client hors du commun, il vaudrait mieux foncer sur un sentier de forêt après un orage afin que la voiture ait la teinte convenable.

Une Zündapp ancestrale était appuyée contre le mur de la maison. Elle avait encore un volant à disque. Voilà longtemps que cela n'existait plus. Il pourrait la racheter et la remettre en état pour la revendre comme véhicule de collection. À ce moment-là, sa lampe tremblota, faiblit et finit par s'éteindre. Plus de piles. Hans poussa un juron.

Rebroussant chemin, il s'attaqua à la porcherie. Il trouva une petite lampe à huile accrochée à un clou rouillé planté dans une poutre, il l'alluma. Derrière les boxes des animaux se trouvaient encore quelques pièces. Il accorda toute son attention aux trésors que celles-ci renfermaient. C'étaient d'antiques outils pour le travail des champs, parfaitement huilés et de ce fait bien conservés. Il y avait aussi des poutres en chêne, séculaires. C'était très recherché par les architectes qui restaurent les maisons. Sous des sacs d'engrais, il trouva de vieilles chaises et une table magnifique. Ainsi que des armoires impressionnantes. Cette ferme n'avait pas encore été pillée par les brocanteurs qui avaient, quelques années auparavant, fait le tour de la région pour acheter aux paysans tout ce qu'ils possédaient de précieux. Hans avait fait une découverte incroyable, pas de doutes.

Pourtant, plus il voyait cette ferme, moins il parvenait à croire que son ami y fût caché. Max le super maniaque ne dormirait jamais dans une porcherie, et encore moins dans cette maison dégueulasse. D'un autre côté, ce salaud lui avait piqué son pognon et broyé sa Ferrari. Jamais il ne l'aurait cru capable de faire cela auparavant. Qu'est-ce qui lui avait pris ? On aurait dit qu'il était ensorcelé. Métamorphosé du jour au lendemain !

En rentrant chez elle, Emma entendit que les animaux étaient inquiets. Était-ce une martre ? Ou Max s'était-il à nouveau aventuré dans la porcherie malgré son épisode avec la truie ? Elle fouilla le bâtiment avec attention et remarqua que la porte qui menait aux pièces de derrière était entrebâillée. Il y avait même un rayon de lumière.

Hans fut pris de terreur en apercevant l'ombre qui se dessinait sur le mur : une femme coiffée d'un fichu avec un corbeau sur l'épaule. Pendant quelques secondes, il fut incapable de parler.

Le corbeau fit « croa ».

Emma aussi avait vu sa propre silhouette. Elle réagit un peu plus vite que l'étranger et dit aussitôt d'une voix perçante :

« Crac ! Crac ! Qui croque les murs croustillants de ma maisonnette ? »

Hans regardait, effaré. Ce n'était pas possible !

« Viens ici, continua de s'amuser Emma. Viens que je te tue. »

Hans se reprit et cligna les yeux dans la pénombre :

« Du calme, ma vieille. Je ne vous veux pas de mal, je cherche juste quelque chose. »

Il ne voyait pas bien son visage, il faisait trop sombre.

« Tu cherches Gretel, pas vrai ? Elle est déjà au four. »

Hans n'avait pas l'intention de laisser une bonne femme se payer sa pomme. Il fonça sur elle. Le corbeau prit peur, souleva ses ailes noires et s'enfuit.

L'assaillant fut distrait une fraction de seconde. Profitant de cet instant, Emma l'empoigna d'un geste adroit et lui tira si fort le bras en arrière qu'il hurla de douleur. Il n'avait aucune chance. Elle le poussa devant elle et l'enferma dans la remise où était déposée la semence. Il n'était pas près d'en sortir ! C'était là que, depuis des générations, on mettait les enfants de la ferme quand on voulait les punir. Elle détestait cette grange.

« Laissez-moi sortir sur-le-champ, je ne vous ferai rien de mal. Laissez-moi sortir sur-le-champ. »

Elle garda le silence.

« Je cherche un ami. Je l'ai vu au bord de la rivière aujourd'hui. Il s'appelle Max. Je veux juste lui parler, et après, je m'en vais. »

Elle glissa la clé dans la poche de sa blouse et sortit.

L'homme continua de vociférer :

« Eh ! Si je reste enfermé ici, c'est de la privation de liberté. C'est une prise d'otage ! On peut vous mettre en prison pour ça. Vous allez passer des années au trou, des années, je vous dis. Ouvrez-moi tout de suite ! »

Emma fit la sourde oreille. Debout à l'extérieur, elle s'étonnait elle-même. Qu'est-ce que cela voulait dire ? Enfermer un homme ? Pourquoi avait-elle fait cela ?

Max n'entendrait pas les cris. La remise se trouvait loin derrière la porcherie. Combien de fois n'avait-elle pas hurlé, enfant, sans que personne l'entende ?

C'est lui qui avait commencé à la prendre pour une sorcière, pas elle. C'était un cambrioleur, rien d'autre. Henner comprendrait quand elle lui expliquerait pourquoi elle l'avait enfermé.

Donc, c'était un ami de Max... Ou bien il mentait. C'était un ennemi, peut-être ?

À nouveau, Emma alla chercher des couvertures. Elle n'avait plus de matelas. Alors, elle prit des sacs de pommes de terre pour que l'étranger puisse s'allonger. Et elle lui apporta une canette de bière, elle n'était pas un monstre tout de même.

Il braillait et l'insultait, mais elle ne réagit pas et repartit sans une parole. Elle n'avait pas ôté son foulard. Elle le mettrait toujours quand elle irait le voir. Pour faire sorcière.

Hans était assis dans l'obscurité. Dans l'obscurité totale.

O.K., se dit-il. Situation de crise donc.

Priorité numéro un : liberté.

Priorité numéro deux : vengeance. D'abord contre Max. Ensuite : contre cette folle.

Priorité numéro trois : ... on verrait plus tard.

Revenons à la liberté. Comment faire ? Dagmar !

Hans se tâtonna et sortit son portable du petit étui fixé à sa ceinture. L'écran s'éclaira dès qu'il s'en servit.

La batterie ! Il avait oublié de la recharger la nuit précédente ! Une erreur impardonnable.

Cela suffirait-il pour un appel ? Ou même deux ? Il devrait être aussi concis que possible. Au moins, il avait du réseau. Mais impossible de joindre Dagmar. Mieux valait ne pas recommencer, à cause de la batterie. Il remit cela au lendemain. Cette nuit-là, Hans dormit d'un sommeil nerveux sur sa misérable couche.

Le coq avait beau s'époumoner – ce matin, Emma ne voulait pas se réveiller. Le fier officier se dressait sur son tas de fumier, perturbé et blessé au plus profond de lui-même. De toute façon, cela faisait un moment que certaines choses lui échappaient. Quand Emma se leva enfin, une heure après, il était vexé. Ce jour-là, il n'importuna pas une seule poule. Cela provoqua une telle colère dans son harem qu'une dispute éclata, chacune accusant les autres de l'avoir mis de mauvaise humeur. Ces dames était si stressées par ces querelles qu'aucune d'elles ne pondit.

Emma ne remarqua rien de tout cela. Ce matin, elle ne trairait pas la vache et ne ferait pas d'œufs au plat. La seule chose qui comptait pour elle, c'était sa pièce en trois actes.

Acte un :
Deux heures après le lever du soleil, Henner arrive à la ferme dans sa Coccinelle de police. Elle sait que

Max observe la scène. Elle prie Henner d'entrer dans la maison. Il a apporté le billet de loto sur lequel elle coche au hasard les six premiers chiffres, puis elle le lui rend sans un mot, comme si tout cela ne l'intéressait soudain plus. Henner ne comprend pas.

En prenant congé, à l'extérieur, Emma fait non de la tête sans raison apparente. Henner la regarde, l'air troublé. Il y a quelque chose qui cloche. Il remonte en voiture et s'en va. Rideau.

Acte deux :
Emma se dirige vers le sauna avec un plateau chargé de crudités pour le petit déjeuner. Elle frappe à la porte. Salutations. En repartant, elle se retourne presque incidemment et dit :

« La police est venue, de bonne heure ce matin. Ils cherchent quelqu'un qui est censé avoir volé quelque chose. Il y a partout des contrôles et des trucs de ce genre. Ils veulent passer le secteur au peigne fin. »

Max tend l'oreille, comme prévu.

« J'ai dit à la police que je n'ai vu personne. C'était ça que je devais dire, non ? »

Surtout ne pas attendre de réponse. Sortie.

Acte trois :
Dans le jardin. Max s'approche d'elle, tête baissée. Il dit :

« Je dois vous avouer quelque chose.
— Ah ?
— L'auto... je l'ai volée.
— Ah bon ?

— Et j'ai volé beaucoup d'argent parce que j'en avais besoin d'urgence. Mais il a brûlé, l'argent. Dans la voiture.

— Ah... ?

— La police me recherche. Mais ne vous faites pas de souci. Vous pouvez être sûre que je ne suis pas un criminel. Je suis tout à fait inoffensif.

— Oui, oui. Je le sens bien. »

Silence. Long silence. Elle n'aurait pas dû dire ça. C'était à lui de parler.

« Je voulais vous demander, continue l'homme réfugié dans sa ferme, si je ne pourrais pas rester ici le temps que ça se calme.

— Si, bien sûr.

— Merci, vous m'ôtez une sacrée épine du pied. Car en ce moment, je suis prêt à tout, mais pas à aller en prison. C'est la seule chose que je ne pourrais pas supporter.

— Normal. Personne n'a envie d'aller en prison.

— Merci encore.

— Je t'en prie. »

Il retourne au sauna, la tête toujours baissée. Elle ne doit surtout pas faire un geste. Elle doit rester immobile, puis s'en aller à pas lents et tourner au coin de la maison. Là, plus de danger à l'horizon. Rideau. Tonnerre d'applaudissements.

Emma dansait de joie comme une cinglée. Elle le tenait ! La joie au cœur, elle alla chercher sa mobylette, la poussa sur le chemin qui menait à la piste, mit le moteur en marche, tourna l'accélérateur et démarra en trombe.

Dans sa véranda, Max entendit le bruit du moteur. Il craignit d'abord que ce fût quelqu'un qui venait le chercher. Terrifié, prêt à s'enfuir, il regarda dans cette direction et observa Emma sur sa Zündapp. Il n'y comprenait rien. La femme allait tout droit, à toute allure, raide comme la justice. Puis elle revint piano piano en faisant du slalom.

Max courut jusqu'à la piste pour voir cela de plus près. Il remarqua que la route commençait au milieu de nulle part et s'arrêtait à peu près un kilomètre plus loin devant des arbres. Il n'y comprenait toujours rien.

À neuf heures, ce matin-là, Hans saisit à nouveau son portable.

Enfin quelqu'un !

« Garage Hans Hilfinger. Dagmar Stadtler à l'appareil. Que puis-je faire pour vous ?

— Dagmar, écoute-moi. C'est Hans.

— Ah, bonjour, Hans ! Tu ne viens pas au bureau aujourd'hui ?

— Non, je...

— Je voulais justement te demander si je pouvais finir plus tôt. Je voudrais aller au cinéma avec mon mari, tu vois ce que je veux dire...

— Je t'en prie, Dagmar. Écoute-moi. C'est...

— C'est parce qu'aujourd'hui c'est notre anniversaire de mariage, tu comprends. Treize ans, mon Dieu, pourvu que ça ne porte pas malheur...

— DAGMAR, LA FERME !

— J'écoute ! J'écoute ! Qu'est-ce que tu as... ? »
Bipp.

« Je n'ai presque plus de batterie. Il y a une sorcière qui m'a enfermé et qui veut me cuire dans son four. Elle croit – bipp – que je suis Hansel. Elle me retient prisonnier.

— Une sorcière ! Je vois ! Tu vends encore une voiture ! Je comprends. Tu as vraiment une imagination pas croyable !

— Non, Dagmar, ce n'est pas une histoire ce coup-ci. – bipp – Je ne vends pas d'auto. – bipp – ... Dagmar ? Débrouille-toi pour qu'on me cherche, tu m'entends, dans une ferme sur la nationale, borne 52,5 en direction du nord. Dagmar ? – bipp – DAGMAR ? »

Fin de la communication. À nouveau, il se retrouva dans le noir. L'obscurité totale. Il avait maintenant sa priorité numéro trois : aplatir Dagmar comme une crêpe.

La toute première chose que Emma avait apprise, c'était à remuer du plasma. C'est pourquoi cela ne la dégoûtait pas et qu'elle n'avait pas peur de la mort. Alors qu'elle était toute petite encore, sa mère lui avait plongé la main dans le sang chaud. Et dès qu'on abattait un cochon, elle recommençait. Les autres petites filles apprenaient à faire du crochet. Emma avait horreur de cela.

À quatre ans, elle eut pour la première fois le droit de tenir la cuvette dans laquelle coulait le sang du cochon qu'on venait d'égorger.

Le porc criait quand les hommes venaient pour lui passer plusieurs cordes autour du cou et le tirer de toutes leurs forces. Dans la cour, il leur échappait, voulant retourner auprès des autres. Le grand-père le suivait avec son tromblon chargé, le père finissait par le rattraper. Le cochon couinait de peur pendant que l'un de ses bourreaux le tenait et que l'autre lui tirait un coup dans le front, réduisant son cerveau en bouillie. L'arme étourdissait l'animal, mais ne le tuait pas. La victime gisait sur le sol et chiait. Ça puait.

« Viens ici », disait le père à sa fille.

Emma devait aller à l'endroit où ça sentait mauvais. Elle tenait la cuvette sous le cou de la bête inconsciente vautrée dans sa merde.

Le père enfonçait le grand couteau dans la gorge de l'animal et lui transperçait l'artère. Ainsi, le cochon mourait enfin, à force de saigner. On avait appris à la petite à ne plus être dégoûtée, elle n'avait pas non plus le droit d'avoir peur. Celui qui ne bosse pas n'a rien à manger. Elle tenait bravement la cuvette en dessous de la blessure.

Emma se souvenait surtout des couleurs : le sang était rouge, les derniers excréments marron. La peau du cochon était rose et sale tant que l'animal vivait. Dès qu'il était mort, elle était blanche. La cuvette était en émail bleu avec de petits points blancs. Le sang coulait – à ras bord. Pas en continu comme l'eau du robinet, mais par à-coups, comme si l'on pompait. Chaque fois, Emma se demandait quand au juste le cochon vivait encore et quand il était déjà mort. Au bout d'un moment, c'était fini, mais quand exactement ?

La bête tarissait, plus rien n'en sortait. La mère d'Emma posait la cuvette à quelques mètres à peine sur les pavés de la cour – comme le sang pesait plusieurs kilos, c'était trop lourd pour l'enfant. Emma retroussait sa manche gauche et, sans avoir besoin d'instructions désormais, elle plongeait le bras bien profond. C'était chaud. Il y avait dedans ce quelque chose d'invisible qui faisait que le sang caille. Il fallait que Emma le rende visible et l'en sorte pour que le sang reste liquide. Plus tard, on le verserait dans la viande hachée et les abats, ou l'on en ferait du boudin noir.

Emma ouvrait ses cinq doigts et les remuait dans le sang. Vite, plus vite. De petits caillots se formaient autour de ses articulations et lui collaient à la peau. Quand elle sentait qu'il y en avait assez, elle sortait la main et jetait les tissus rouges et visqueux par terre en secouant celle-ci. Puis elle la replongeait dans la cuvette, la remuait, la ressortait et faisait tomber les tissus agglutinés. Elle recommençait l'opération jusqu'à ce qu'elle n'eût plus aucun caillot autour des doigts.

Emma était fière de pouvoir aider les grands dans cette tâche importante. En guise de récompense, on lui donnait la queue du cochon mort. Elle défilait ensuite à travers le village avec les autres enfants. À tour de rôle, ils accrochaient la queue en tire-bouchon au pantalon de l'un d'eux et ils le taquinaient, se moquaient de lui, le poursuivaient. Le malheureux courait comme un dératé, comme si l'on allait l'égorger. Puis il avait à son tour le droit de taquiner, de railler, de poursuivre et de menacer ceux qui avaient la queue en tire-bouchon et qui couraient comme des dératés.

Le plus drôle, c'était quand un enfant arrivait à accrocher la queue au dos d'un adulte sans que celui-ci s'en rende compte. Si le grand avait le sens de l'humour, c'était rigolo. Sinon c'était dangereux, mais en même temps assez excitant. Un jour, Emma avait osé accrocher la queue au pantalon du grand-père. Il avait failli la tuer tellement il était en colère. Mais le plaisir de l'avoir vu se promener avec la queue en tire-bouchon faisait oublier l'angoisse.

À chaque enfant qui avait fait preuve de courage, on faisait un saucisson, rien que pour lui. Pour cela, on devait mettre dans sa bouche le boyau de porc, lavé et recouvert de sel. Le fermier en fixait une extrémité à l'oreille gauche, le collait contre la joue, le faisait passer entre les dents et le tendait jusqu'à l'oreille droite. Le saucisson de l'enfant serait aussi long que ce morceau d'intestin, qu'on remplissait de viande hachée assaisonnée avant d'en nouer le bout.

En fait, dès qu'un fermier tuait un cochon, chaque enfant du village recevait en cadeau un saucisson qu'on faisait d'abord passer dans sa bouche, sur lequel on écrivait son nom et qu'on faisait sécher avec les autres. L'enfant avait le droit de le manger quand il le voulait.

Max, qui se reposait dans le hamac, n'avait aucune idée de tout cela. Il se demandait si c'était Hans ou la police qui le retrouverait. Et quand ses douleurs reprendraient. Cela ne saurait tarder. Mais qu'importe ? Tant qu'il était vivant et qu'il se balançait dans le hamac, tout allait bien.

Le coq s'avançait vers le sauna d'un pas fier. Il s'arrêta, tourna la tête vers la gauche et fixa de son œil droit l'autre homme de la ferme. Leurs regards se croisèrent. Puis l'animal changea de côté pour examiner Max sous l'autre angle.

Ensuite il dressa vers lui sa large poitrine bariolée. Il se tenait droit et presque altier, comme un soldat qui monte la garde. Max eut comme l'impression qu'il lui demandait ses papiers et son permis de séjour. Les deux mâles s'observèrent en silence pendant plusieurs minutes. La crête du coq se gonfla et se hérissa. Puis l'animal s'ébroua et s'éloigna, l'air vexé. L'humain le suivit du regard. Alors le coq s'immobilisa de nouveau, leva brièvement sa queue multicolore et lâcha une fiente dans sa direction.

Emma aimait chacun de ses cochons. Elle leur donnait des noms, les couvrait tous les jours de caresses et de tendresses. Elle jouait avec eux comme d'autres le font avec les chiens. Et les porcs aimaient leur maîtresse, ils lui faisaient confiance. Depuis qu'elle avait pris les commandes de la ferme, on n'avait plus entendu de cris d'effroi les jours d'abattage. Pendant des années, elle avait vu les efforts désespérés que faisaient les bêtes pour se défendre, leur peur infinie de la mort au moment où deux ou trois hommes forts les tiraient hors de la porcherie au moyen de cordes passées à leur cou et les conduisaient sur les lieux du supplice. Emma ne voulait pas de cris d'animaux ni d'hommes qui gueulent et qui tirent sur une corde. Elle tuait ses cochons toute seule.

Elle traversa la cour vêtue d'un pantalon d'homme, d'énormes bottes en caoutchouc vertes et d'un long tablier en plastique blanc dont elle avait passé les cordons deux fois autour de sa taille. Elle portait un ceinturon en cuir auquel étaient fixés un étui à couteau et un affiloir qui se balançaient en dessous de son ventre.

Emma fit légèrement claquer la langue contre le palais et la truie trottina gentiment derrière elle.

Max s'approcha, s'arrêta près du saule pleureur au bord de la rivière et regarda dans leur direction. Il devinait et craignait en même temps ce qui allait se produire. Il aperçut un palan, une énorme cuve en bois et une autre plus petite, des seaux et des bassines en émail. Et enfin une hache de boucher. De la vapeur d'eau sortait de l'arrière-cuisine.

Emma s'assit par terre sur les pavés en basalte sombre, en dessous du palan. Le porc se tenait à côté d'elle. Elle le caressait tout le long de l'échine, sans arrêter. Elle le caressait d'un geste ferme, lui donnait de petites tapes et lui parlait. Max ne comprenait pas ce qu'elle disait. Il fit encore quelques pas pour mieux observer la scène. Le cochon s'était allongé près d'Emma, comme un chien. Avec prudence, la fermière lui passa un lacet en cuir autour des pattes arrière et attacha celui-ci à un crochet en acier fixé dans le sol.

Du bras droit, elle tenait avec fermeté les pattes avant de l'animal. Elle lui parla de nouveau, l'embrassa sur le front, juste à l'endroit où autrefois les hommes défonçaient le cerveau.

Max s'aventura encore un peu plus près. Il avait le sentiment qu'il devait l'aider. Mais comment ? Que voulait-elle faire ? Elle n'allait quand même pas essayer de faire cela toute seule ?

Le porc était toujours allongé de manière paisible, il ne bronchait pas. Tout en continuant de lui parler avec précaution, Emma le retourna sur le dos. Alors, tout alla très vite : elle saisit son long couteau tranchant et, sans hésitation, transperça d'un geste rapide et précis la gorge du cochon. Le sang gicla, la tête était immobile, mais Emma lui tenait toujours solidement les pattes avant. Elle commença à compter à voix haute :

« Un, deux, trois, quatre, cinq, six, sept, huit. »

La respiration de la truie se ralentit, s'affaiblit. Le sang jaillissait de la plaie par à-coups et s'écoulait sur les pavés. L'animal regardait Emma de ses grands yeux. Alors il bougea, ses muscles se contractèrent.

Max était maintenant tout près d'Emma et il l'entendit murmurer avec tendresse :

« Ma gentille petite truie, ma sœur. Merci de m'avoir tenu compagnie. Je t'aimais, je t'aimais tant. Ça ne fait pas mal, tu vois. Je t'avais promis que cela ne ferait pas mal. Au revoir, mon petit cochon. Au revoir. »

Peu à peu, le flot de sang se tarissait. Le cochon laissait la vie s'écouler de ses veines avec calme et sérénité, blotti dans les bras de sa maîtresse.

Max regardait la scène avec consternation et en tremblant de tout son corps. Emma ne faisait pas attention à lui. Épuisée, elle se releva et se dirigea vers une bassine remplie d'eau chaude. Elle se lava les mains, frotta le sang, nettoya le couteau et le posa. Elle s'essuya, versa l'eau sur son tablier en plastique taché de rouge, prit un tuyau et aspergea le sol.

L'animal mort gisait là, inerte, une plaie béante à la gorge.

Max laissa échapper :

« Je n'ai jamais vu ça. »

En fait, il voulait dire qu'il n'avait jamais vu une femme aussi forte. Jamais.

Sans un mot, Emma se rendit au jardin et alla cueillir une pomme. Puis elle ramassa son couteau, le dirigea vers la poitrine de Max et lâcha le fruit au-dessus. Celui-ci tomba sur la lame et s'abattit sur le sol en deux moitiés.

« Il ne faut pas appuyer sur le couteau. Il doit glisser tout seul dans la gorge du cochon. Tu sais pourquoi je fais comme ça ? »

Il fit non de la tête.

« Le pire, pour les animaux, c'est la peur de la mort, pas la mort elle-même. »

Max demanda :

« Ce n'est pas dur de mourir ?

— Pas quand quelqu'un les tient dans ses bras. Pas quand on leur tranche la gorge d'un geste rapide et précis. Cette mort-là, c'est comme la mort naturelle. Quand un mouton se fait attraper par un loup, par exemple. Au moment de mourir, le corps produit des hormones qui font l'effet d'une drogue. Elles sont aussi fortes que de la morphine. La bête meurt sans douleur.

— Qui dit cela ?

— C'est le Barbu qui me l'a raconté. Un ermite qui vivait ici autrefois. Lui-même ne mangeait pas de viande, mais il me l'a quand même expliqué.

— Et les porcs n'ont vraiment pas peur ?

— Mes cochons me connaissent. Ils ne se doutent de rien. Ils me suivent parce qu'ils ont confiance. Et moi, j'en abuse.

— Tu oses faire cela ? Ils te font confiance et tu les tues ?

— Les cochons sont faits pour être abattus. Ils mènent une vie magnifique pour mourir en bonne santé et finir en saucisses. Ils n'ont aucun souci, et chez moi ils connaissent même une fin heureuse.

— Qu'est-ce que cela veut dire, une fin heureuse ? »

Emma considéra Max et capta son regard. Elle retint celui-ci par la seule force de ses yeux et elle dit :

« Être tué de ma main. »

Max se tourna à nouveau vers le cadavre et se tut un instant. Puis il remarqua :

« Je devrais te proposer mon aide, mais je n'en suis pas capable. Je ne peux pas.

— Je sais. Je vais faire ça toute seule. Je le fais toujours toute seule.

— Puis-je te regarder ? »

Emma haussa les épaules – comme si elle s'en moquait.

« Si tu veux... »

Max, qui avait les jambes en coton, s'assit sur les marches du perron en pierre. Il se sentait mal, il avait l'estomac serré. Il ne savait pas si cela tenait à la maladie ou à la mort sanglante à laquelle il venait d'assister.

Les enfants de la boulangère et du producteur de patates arrivèrent en courant. Emma coupa la queue en tire-bouchon et la leur tendit. Ils jouèrent, se poursuivant à travers la ferme.

À ce spectacle, Max fut pris de nostalgie. Enfant, il n'avait jamais piaillé sans retenue. Il avait passé la plupart de son temps seul avec ses parents. Ceux-ci faisaient preuve d'une dévotion extraordinaire, mais ils n'avaient jamais hurlé de plaisir ensemble, jamais crié de bonheur. On leur avait arraché leur joie de vivre alors qu'ils étaient eux-mêmes encore petits. Des averses de bombes avaient étouffé en eux les cris d'enfants. Dans les années qui suivirent, la faim et le froid avaient torturé leur âme. Ils avaient toujours été de bons parents, jusqu'à ce que Max eût atteint l'âge adulte. Ensuite, ils n'eurent plus la force de continuer et ils partirent, comme ça, tout simplement. Ensemble.

Max pleurait. Encore ! Qu'est-ce que cela voulait dire, toutes ces larmes ? Il ne voulait pas que Emma le voie dans cet état. Il se releva et courut à travers champs, le long des blés mûrs.

Pendant les quelques heures qu'il avait passées ici, chez Emma, il avait vécu et ressenti des choses plus intenses qu'au cours de toute sa vie antérieure. Des coquelicots rouges, des fleurs bleues, de mauvaises herbes poussaient au bord des champs. Un parfum de satiété flottait dans l'air. Le soleil lui chauffait la peau. Il effleura les épis de la main.

Le Barbu ne portait que des habits en lin brut qu'il avait tissés lui-même, il ne se coupait pas les cheveux et ne se rasait pas. D'où son nom.

Il avait construit sa cabane au-dessus de la rivière parce qu'il avait besoin de sentir le courant. À l'époque, Emma était encore trop jeune pour tout comprendre. Mais le Barbu l'intéressait beaucoup parce qu'il était différent des autres.

Il vagabondait à travers champs et cueillait ce qui poussait sur les arbres et les buissons. Il allait aussi dans les jardins et y prenait ce dont il avait besoin pour se nourrir. Si quelqu'un faisait mine de le lui interdire, il disait :

« Regardez les oiseaux du ciel. Ils ne sèment pas, ils ne récoltent pas et ils n'engrangent pas. C'est le père céleste qui les nourrit. »

Pour lui, marauder n'était pas voler.

Parfois, le Barbu venait à la ferme pour fendre du bois. En guise de salaire, il prenait le camembert que la mère d'Emma devait acheter exprès pour lui. Deux boîtes complètes ! Pendant sa pause, il sortait les fromages de leur papier et les engloutissait sans pain. Assise en haut du châtaignier, l'enfant le regardait en roulant de grands yeux. C'était quelque chose de sensationnel, car, à la ferme, on ne mangeait pas de fromage, surtout sans pain ! Le Barbu était le seul à faire cela. Bien sûr, il ne buvait pas de bière et pas non plus d'eau gazeuse. Juste de l'eau de la source.

Un jour, un fonctionnaire quelconque vint lui ordonner de démonter sa cabane au-dessus de la rivière. C'était interdit en vertu d'un certain règlement. Ils discutèrent pendant des heures. L'ermite ne voulait pas céder. Alors Oncle Karl arriva avec son camion de pompiers pour déplacer la baraque. Tous accoururent pour regarder la scène.

Le Barbu resta dans sa cabane, même quand la grue emporta celle-ci dans les airs. Quelqu'un prétendit qu'il l'entendait chanter. Un autre dit qu'il priait. Un troisième qu'il criait. L'habitation fut déposée à une cinquantaine de mètres de la rivière seulement. Le Barbu aurait pu y rester car elle était intacte, mais à partir de ce moment-là, il ne fendit plus de bûches, il ne cueillit plus de fruits, il ne mangea plus de fromage. Quelques semaines plus tard, il mourut. Les gens disaient qu'il avait fané parce qu'il n'avait plus de cours d'eau en dessous de lui. Oncle Karl ne se le pardonna jamais.

« Surtout pas de sang ! répétait le Barbu à Emma. Le sang doit aller à la terre, il doit s'y infiltrer. Il ne faut pas le boire, pas le manger. Pas de sang. »

Un jour, au beau milieu de l'été, elle était tombée du perron et avait atterri dans les rosiers alors qu'il était en train de fendre du bois. Elle cria, elle saignait. Personne ne s'occupa d'elle, ils étaient tous aux champs. Alors, le Barbu approcha.

Il essaya d'extraire quelques épines de sa menotte tandis qu'assise sur ses genoux elle gesticulait en hurlant de douleur.

Le Barbu lui humecta la main avec de la salive, il ramollit la peau avec ses grosses lèvres. C'était chaud. Pendant tout ce temps, il ne dit pas un mot. Il léchait la paume de la petite fille, en sortait les épines et en fixait les lignes avec attention. Elles ressemblaient aux siennes à s'y méprendre. Sa ligne de vie et la sienne, sa ligne du cœur et la sienne, sa ligne du destin et la sienne. Leurs bosses, leurs cavités, leurs plis, leurs boucles et leurs sinuosités – chez lui vieilles et profondes, chez elle jeunes, mais d'une stupéfiante similitude !

Pour la première fois, il regarda l'enfant dans les yeux. L'instant d'avant, elle n'était encore qu'une gamine sans nom. Maintenant, il lui parlait :

« Comment t'appelles-tu ? »

Emma ne répondit pas.

« Quel âge as-tu ?

— ...

— Tu vas déjà à l'école ? »

Emma fit un signe timide de la tête.

« Et il t'arrive de parler ?
— ...
— Quel est ton mot préféré ?
— Mot. »

Alors, le Barbu sourit. Il lui tenait la main. Il en avait ôté les épines. L'enfant avait cessé de pleurer.

« Nous nous ressemblons. »

Il posa la main à côté de la sienne et lui montra les lignes et les bosses, les sinuosités et les rondeurs.

Sa bouche prononçait des mots que Emma entendait pour la première fois. Leur sonorité à elle seule était déjà différente. Personne ne lui avait encore jamais parlé sur ce ton. D'habitude, on lui disait juste : *fais ceci*, *laisse cela*, *la ferme*, ou bien : *pas maintenant*.

Des milliers de mots sortaient de la bouche du Barbu, des mots tendres, gentils, tristes. Et il avait des livres.

Dedans, on trouvait les mots : sombre, lune, animaux, balançoire, enfants, nom. Jamais vus, jamais entendus. Où sont les enfants ? Est-ce qu'ils vont venir ? Non ? Où vivent-ils ? Dans le livre ? Non, dehors. Derrière les monts, derrière la ville. Le monde ne s'arrête pas là. Emma n'arrivait pas à le croire.

Et puis une fois, elle apparut au détour d'un de ses ouvrages. Il lut quelque chose où il était question d'Emma.

Elle rougit de bonheur, de fierté. Si elle était dans le livre, c'est qu'elle existait deux fois ! Une Emma à la ferme et l'autre dans le livre, ailleurs.

Le Barbu avait écrit un petit poème sur Emma. Cela la remplit de joie. Chaque fois qu'il le lisait, elle était suspendue à ses lèvres. En même temps, elle acquérait ses mots à elle. La môme perchée sur le châtaignier qu'il avait prise pour une muette était devenue une enfant douée de parole.

Emma parlait comme lui. Elle était son enfant spirituelle, sa fille d'infortune. Chaque jour, il observait ses mains et ne cessait de s'étonner. Elles étaient puissantes et musclées. Le dos du pouce était très arrondi. L'arête de la main était si courbée qu'elle touchait presque le poignet. En même temps, le pouce et l'index étaient solides.

« Tu es très forte. Un jour, tu feras quelque chose d'important. Tu ne vas pas seulement penser. »

Sa courbe de vie se divisait en deux. Il en conclut :

« Toi aussi, tu partiras. Très loin. Pour toujours. Comme moi. »

C'est ainsi que Emma se coupa de sa famille. Elle ne parlait pas comme eux, elle ne pensait pas pareil. Elle lisait.

La mort du Barbu la priva de parole. Depuis lors, elle se sentait attirée par la crasse comme par une amie et les cailloux rendaient son existence plus légère. Les animaux se confiaient à elle et les plantes faisaient des concours de croissance et de floraison rien que pour elle.

De la pointe de son couteau, Emma fit deux trous entre l'os et le tendon des pattes arrière du porc. Puis elle y passa le croc. On aurait dit un cintre, juste qu'il était beaucoup plus grand et plus gros et qu'il y avait un crochet en métal à chaque extrémité. À l'aide du palan, elle put lever et même ensuite suspendre la bête.

Avec habileté, elle dirigea le lourd cochon vers le baquet où elle le déposa.

Elle versa de l'eau bouillante sur le corps inerte, et une fois la peau ramollie, elle gratta les poils et l'épiderme. Pour cela, elle utilisait un racloir, c'est-à-dire une lame en métal arrondie et effilée. On aurait cru quelqu'un qui, en usant de toutes ses forces, rasait à un géant une barbe de plusieurs jours. Elle n'arrêtait pas de verser de l'eau bouillante et de racler. Ça sentait la peau morte. La chaleur accentuait la puanteur. Elle avait beau tuer un cochon par semaine, elle trouvait cette odeur chaque fois toujours aussi abominable. Pour finir, Emma devait découper et arracher les tétons de la truie. Chaque fois aussi, ce geste lui faisait mal. Enfant déjà, c'était pour elle le pire moment quand les hommes tiraient sur les mamelles de la bête. Elle cachait alors dans ses mains sa poitrine naissante. Elle avait peur qu'un jour ils ne fissent pareil avec elle.

Ensuite, elle détacha les orteils avec l'extrémité pointue de son racloir. Une fois que l'animal fut propre et bien lisse, elle souleva le corps gras avec son palan et, à l'aide du croc, elle le pendit à une large échelle en bois, tête en bas, poitrine en avant. Puis elle versa à plusieurs reprises de l'eau sur le cadavre et, pour finir, le laissa égoutter.

Lorsqu'elle eut achevé cette partie du travail, Emma, éreintée, s'assit sur le rebord du baquet et reprit son souffle. Les poils et les lambeaux de chair flottaient dans l'eau sale. C'était un boulot de merde, un boulot de mec. Un boulot crevant même pour deux hommes.

Max lui apporta une bière fraîche. Il s'en accorda une aussi. Il aurait aimé s'asseoir à côté d'elle, mais la puanteur était pour lui encore mille fois plus intenable que pour elle. Il avait l'impression que le baquet contenait du bouillon de cadavre. Il la pria de venir près de lui.

Sur les marches en pierre, ils trinquèrent. Emma était surprise. Il avait donc osé s'aventurer dans la cuisine et ouvrir le réfrigérateur ? Elle lui demanda comme en passant :

« Pourquoi as-tu fait cela à ton ami ?

— Il y a une raison, mais je ne peux pas en parler. Avant hier, je croyais encore que j'allais avoir très bientôt besoin d'argent.

— Et maintenant ?

— C'est fini.

— Pourquoi ?

— Je voulais avoir un hamac au plus bel endroit de la terre. Et je l'ai trouvé. »

Il sourit, faisant avec sa canette un geste en direction du sauna.

« Tu veux dire que c'est ici, le plus bel endroit de la terre ? s'étonna Emma qui ne connaissait rien d'autre.

— Boh... »

Max laissa la question en suspens.

« Et tu n'as plus besoin de cet argent ?

— Non. Mais mon ami en a besoin. Je voudrais bien le lui rendre. Dommage qu'il ait brûlé. »

Emma hocha la tête.

C'est qu'elle aussi elle avait besoin de cet argent pour conserver le seul endroit qu'elle possédait, beau ou pas. Il fallait qu'elle le garde.

Sa canette était vide, elle se remit au travail.

Max la regarda décapiter l'animal, puis, d'un coup de couteau bref et énergique, lui ouvrir le ventre, depuis l'anus jusqu'aux mamelles. Il ne fallait pas descendre trop bas, sinon les entrailles tombaient d'un seul coup et s'écrasaient sur le sol dégoûtant.

Avec son ventre, Emma coinça une cuvette contre le corps de l'animal. D'une main, elle incisait. De l'autre, elle essayait d'extraire d'abord le gros intestin, puis l'intestin grêle. Elle découpait, vacillait et maintenait la cuvette en équilibre avec son ventre. Ce travail était bien trop pénible pour une seule personne.

Max la vit basculer pour la deuxième fois et il se décida à lui venir en aide. Il tint la cuvette à deux mains de sorte que les intestins pussent y tomber. Ensemble, ils posèrent à côté d'eux le récipient qui contenait plusieurs mètres de boyaux, remplis d'excréments.

« Merci », dit-elle.

Il déglutit. Un renvoi acide lui brûla la gorge. Il se réfugia en vitesse sur son perron.

Avec une petite hache, Emma fendit la poitrine du porc. Elle en sortit d'abord les poumons avec précaution et les mit dans de l'eau. Elle retira ensuite les autres organes un à un. Max observait la scène avec la plus grande attention. Enfin, il se fit violence et s'approcha, poussé par la curiosité. Au début, il se boucha le nez, mais au bout d'un moment il cessa et parvint même à jeter un coup d'œil à l'intérieur du corps béant. Il voulut tout voir et tout savoir : à quoi ressemblaient l'estomac, les reins, la rate, le foie, la vésicule biliaire ?

« Et où se trouve le pancréas ? demanda-t-il.

— Oh !... répondit Emma hésitante. Là, il faut que je cherche. C'est derrière l'estomac, je crois. Ou tout près de la rate. C'est très petit, on dirait une poire écrasée, tu sais ? Ah voilà ! C'est ça, je crois. »

Max vit un amas insignifiant de tissus organiques.

« Et pourquoi c'est justement le pancréas qui t'intéresse ?

— Boh... »

Emma sourit. Ce devait être une de ses manies. Quand il disait « Boh »..., cela signifiait apparemment qu'il n'en dirait pas plus.

Elle découpa alors le cœur dans la moitié gauche du porc. Il était encore chaud. Les veines et les artères partaient dans tous les sens, un reste de sang continuait de s'en écouler.

Elle tendit le cœur à Max. Fasciné, celui-ci examina cet organe rouge et ferme. Il n'en avait encore jamais vu en vrai. Elle lui expliqua par où le sang entrait et par où il sortait. Elle le trancha, lui montra les valvules, les ventricules, les fibres musculaires.

« C'est comme un cœur humain. Le nôtre est tout à fait pareil. Et à peu près aussi grand. Comme un poing refermé sur le pouce. C'est la taille de notre cœur. »

Emma serra le poing de sa main droite couverte de sang. Max fit de même avec la main gauche.

« Vraiment ? Mon cœur est seulement gros comme ça ?

— Tout à fait. Et le mien est encore plus petit que le tien. »

Emma lui tendit le cœur du cochon tiède et dégoulinant.

« Tu veux bien le tenir ? »

Horrifié, il fit une grimace.

Mais Emma l'attaqua par surprise. Elle enfonça son index bien profond, là où le sang n'était pas encore figé. Elle lui sourit et étala un peu de sang sur sa chemise, juste à l'endroit de son cœur. Elle l'avait sali ! Il la regarda, stupéfait. Elle, elle s'était déjà retournée et avait déposé l'organe à côté des autres abats dans la cuvette.

Max était maculé de sang et il souriait.

Emma étripa le porc, nettoya les organes, vida avec le plus grand soin les intestins et la vessie. Elle les lava comme des vêtements, en frotta l'intérieur et l'extérieur. Puis elle recouvrit les boyaux de sel et les déposa ainsi protégés dans l'arrière-cuisine qui était fraîche.

Elle avait l'impression d'être sur scène. Cela lui plaisait quand son spectateur frissonnait de dégoût ou qu'il s'étonnait de tout ce qu'elle savait, de tout ce qu'elle faisait. Elle se retourna vers lui d'un air provocateur pour souffler dans la vessie de porc et en nouer l'extrémité comme on le faisait avec un ballon de baudruche.

« Oh !... », s'exclama-t-il comme elle s'y attendait.

Il se risqua même à une plaisanterie :

« Et qu'est-ce que ce sera dans une prochaine vie ? Un ballon de foot ou de handball ?

— Du pâté de tête, répondit-elle en riant. Ce sera du pâté de tête ! »

Et de raconter sur un ton badin que le vétérinaire avait été opéré en ville, quelque temps auparavant. Pour une greffe. On lui avait mis une nouvelle vessie.

« Et tu sais de quoi ? De cochon justement ! »

Un vétérinaire avec une vessie de porc. Emma trouvait cela très drôle. Tout en rigolant, elle tailla à la hache le cochon vidé, tout le long du dos, à travers les os.

Une deuxième bière avait donné encore plus de courage à Max. Il lui ôta la hache des mains et se mit lui-même à fendre la bête. D'abord de manière timide et bientôt de plus en plus énergique dans la bonne entaille.

Emma fit l'éloge de sa force. Il savait qu'elle mentait. Au bout de quelques coups, il retourna au sauna, épuisé. Mais il avait quand même aidé à abattre un cochon !

Lorsqu'il fut parti, Emma se rendit dans le box du verrat et sortit l'argent caché dans la paille. Elle regarda les billets, les fit défiler entre ses doigts, les remit dans le plastique et sortit. Elle traversa la cour à toute allure et entra dans l'arrière-cuisine. Là, elle dissimula le sac dans un tiroir.

Elle avait laissé tomber un dollar dans la paille. Le billet était caché derrière l'auge, à peine visible.

Dans la remise, Hans avait tiré sur les planches et y avait donné des coups de pied, mais le bois était trop solide. Il avait cherché dans les grains qui y étaient entreposés des outils ou un bâton pour défoncer la porte. Il n'avait rien découvert de convenable. Il ne pourrait pas s'enfuir. Il ne lui restait plus qu'à maîtriser cette femme à un moment propice. Il attendait donc Emma. Le matin, il avait encore espéré qu'elle lui apportât un petit déjeuner. Le midi, il se mit à douter qu'elle revienne. Dans l'après-midi, il commença à

— Je suis en retard. Désolée », répondit-elle d'une voix criarde.

Qu'est-ce qu'elle allait bien pouvoir faire de ce type ?

« Vous en avez une belle ferme, madame ! »

Emma n'avait strictement aucune envie de jouer les sorcières.

« Je comprends que vous ayez eu peur la nuit dernière. Mon comportement pourrait en effet faire croire que je suis un cambrioleur. Aussi est-il tout à fait légitime que vous m'ayez enfermé. »

Emma lui glissa la nourriture sous le grillage et elle lui laissa la lampe à huile.

« Veuillez dire à Max qu'il n'a rien à craindre. Je ne lui ferai aucun reproche. »

Il savait que Max était ici, songea-t-elle. Comment était-ce possible ? Si elle ne sortait pas sur-le-champ, elle le libérerait tout de suite – il était si gentil, ce monsieur. Or il fallait d'abord qu'elle réfléchisse.

Elle quitta donc la remise sans un mot.

L'homme avait vu Max au bord de la rivière, il y avait déjà fait allusion la veille. C'est-à-dire qu'il l'avait observé de quelque part. En douce. Depuis la forêt. C'était ça, un ami ? Non, elle ne le libérerait pas, décida-t-elle alors.

Hans, de son côté, fit le point :

Elle ne disait plus d'insanités. Bien.

Il avait à manger et à boire. Bien.

Pour garder ses esprits, il devait s'occuper avec quelque chose. Une araignée passait devant lui. Bien.

avoir peur de mourir de faim et de soif. Ou bien elle l'avait oublié, ou bien elle le faisait exprès.

Depuis toujours, Hans s'était vu comme quelqu'un qui trouvait une solution à tout. Comme quelqu'un qui n'était jamais autant en forme que dans des situations de crise. Il ne voulait en aucun cas se laisser aller au désespoir même si, dans cette cellule, la panique s'était emparée de lui au point de le faire passer des insultes aux cris, et même des cris aux pleurs.

Hans et Max s'étaient réparti les tâches comme un vieux couple : l'un n'essayait jamais de prendre en charge ce que l'autre savait faire. Ainsi, c'était toujours Max qui avait peur, jamais Hans. C'était Max qui hésitait et Hans qui agissait. De cette manière, Max n'avait jamais eu l'occasion de prendre de risques tandis que Hans ne s'autorisait pas un moment de doute ou d'inquiétude.

Lorsque le prisonnier entendit les pas de la femme, il décida de ne montrer aucun signe d'angoisse. Il voulait faire preuve d'autant d'habileté que lors d'une vente perdue d'avance. Il retrouvait enfin son énergie habituelle. Il avait à nouveau une priorité : fraterniser, se réconcilier. Il allait s'en sortir, il se connaissait. Il suffisait de ne pas faire la mauviette.

Emma avait remis le fichu de la mère de Henner qu'elle avait tiré sur son front. Elle était entrée dans la sombre cellule avec la lampe à huile et un panier rempli de bière, de charcuterie, de pain frais et de cornichons.

« Bonjour, dit Hans avec une bonne humeur exagérée alors qu'il tremblait à l'intérieur de lui-même.

Le soir du premier jour d'abattage, Emma prépara du *Weckewerk* dans la cuisine. C'était une spécialité locale. Un Souabe, un Hambourgeois ou un Saxon n'aurait jamais pu digérer cela. Il fallait faire fondre dans une poêle immense une quantité monstrueuse de saindoux frais. On y faisait revenir des oignons et du lard et on y ajoutait de la crème fraîche. En guise d'accompagnement, on servait des croquettes maison.

Max se sentait reposé. Il voulait à nouveau se rendre utile. Cela lui avait plu de fendre un porc en deux avec une hache. Il trouva une cognée du même genre à proximité du billot. Il la prit dans ses mains et la souleva à plusieurs reprises. Elle était lourde et tranchante.

Il posa un rondin et frappa dessus. Au début, il tapait à côté et pas assez fort. Après trois ou quatre coups, il était obligé de se reposer. Mais à force de recommencer, il visait de plus en plus juste, et à la fin, il fendait bel et bien du bois. Il porta les bûches près du sauna, où il les entassa.

Ensuite, il s'attaqua à la mobylette. Emma serait contente, pensa-t-il.

Il faisait déjà nuit – le vétérinaire à la vessie de porc avait examiné le cochon et délivré le certificat – quand Emma, après une dure journée de labeur, poussa sa Zündapp jusqu'à sa route. Impatiente, elle mit sa bécane en marche et la laissa chauffer. Elle était en retard. Ici, on allait au lit de bonne heure. Le boucan réveilla les villageois qui se redressèrent dans leur lit et se demandèrent :

« En pleine nuit ? Pourquoi en pleine nuit, maintenant ? »

Le producteur de patates tendit la main vers sa grosse Berta :

« Dis, mon poussin, qu'est-ce que tu dirais d'un petit câlin ?

— T'es pas bien ? répliqua-t-elle, offusquée. On n'est pas samedi aujourd'hui ! »

Emma accéléra. Rien. Elle se pencha en avant, tendit les bras, raidit le dos. Rien. Elle était arrivée aux sapins, fit demi-tour et accéléra de nouveau. Toujours rien.

Est-ce qu'elle ne sentait pas les vibrations parce qu'il y avait un homme chez elle, ou bien est-ce que la mobylette était cassée ? Emma fit encore quelques pistes d'essai, roula, revint et dut finir par capituler.

Henner supposa qu'une seule fois ne lui suffisait plus. Ça devait être comme les drogués qui sont obligés d'augmenter leur dose peu à peu. Il se faisait du souci pour Emma. Beaucoup de souci. Il était temps que quelque chose change. Urgent, même. Il se leva au beau milieu de la nuit et se fit couler un bain. Sa mère apparut dans le cadre de la porte, les cheveux ébouriffés. Elle s'alluma une clope et demanda :

« C'est samedi, aujourd'hui ? »

Henner ne dit rien. Il n'avait pas envie de lui expliquer quoi que ce fût.

Dans son lit, la boulangère, qui ne dormait pas, savait que la mobylette ne procurait plus de plaisir à Emma. Elle jubilait. Ravie d'être mariée en bonne et due forme, elle empoigna son mari et mit en route le quatrième.

Frustrée, Emma poussa sa Zündapp dans la cour, donna un grand coup de pied rageur dans un seau en plastique qui se trouvait sur son chemin et tomba sur Max qui était sorti pour lui demander si ça allait mieux, maintenant.

« Quoi, mieux ? demanda-t-elle en râlant.

— Je l'ai réparée. Elle vibrait si fort. »

Même dans l'obscurité, il put voir que Emma commençait littéralement à bouillonner. Elle se mit à pousser des cris hystériques et brandit le poing comme pour le frapper.

« Si jamais tu ne me la remets pas en état, tu vas voir ce qui va se passer ! »

Puis furibonde, elle tourna les talons.

Max se réfugia dans le sauna en hochant la tête. Il avait espéré qu'elle le remercierait, mais cette femme ne réagissait jamais comme on s'y attendait.

Emma, elle, fit ce que font les femmes frustrées : elle engloutit une portion de *Weckewerk* d'environ quatre mille calories. Cela la soulagea un peu. Elle alla même en donner à Hans. Celui-ci vida goulûment son assiette :

« Il y a plus de cholestérol là-dedans que dans une tonne d'œufs brouillés, mais il faut reconnaître que c'est super bon.

— Qu'est-ce que c'est, cet argent que Max a piqué ? »

Le prisonnier remarqua qu'elle n'avait pas demandé *combien* il avait volé, mais *qu'est-ce que* c'était. Elle devait donc savoir quelque chose.

« Des dollars. Des dollars américains.

— Et combien ça fait, un dollar, en euros ?

— En ce moment ? C'est pareil.

— Et où ça se change, ce truc-là ? »

Elle avait le pognon !

« À la banque. Mais l'argent de Max, il vaut mieux ne pas le changer. Parce qu'il provient d'un hold-up. Il est enregistré. Chaque billet. »

C'était faux. L'argent découlait en réalité de la vente de fourrures que le Biélorusse importait en fraude.

« Qu'est-ce que cela veut dire, enregistré ? »

Elle avait le pognon, c'était sûr !

« Que toutes les banques connaissent les numéros imprimés sur ces billets. Si on va les changer, on se fait arrêter. Parce qu'on est en possession d'argent volé. Et c'est là que les problèmes commencent.

— Oh, mon Dieu ! Et qu'est-ce qu'on peut faire alors ?

— Moi, je le donnerais plutôt à quelqu'un qui s'y connaît. Quelqu'un qui sait comment on fait. Et il m'en reverserait peut-être trente pour cent.

— Si peu ?

— Ouais, c'est comme ça. Mais au moins, on ne se fait pas arrêter. »

Emma était fatiguée.

« Bon, eh bien ! bonne nuit.

— Bonne nuit. Au fait, je m'appelle Hans. Et vous, comment vous vous appelez ?

— Emma.

— Bonne nuit, Emma.

— Bonne nuit, Hans. »

Phase numéro deux de la fraternisation achevée. Libération en vue. Garder son calme. Pour passer le temps, Hans dressait son araignée. Dès le lendemain, elle devrait arriver à sauter à travers un cerceau en flammes.

Emma se sentait épuisée quand elle vit Henner débarquer dans la cour – en civil. Il avait mis son costume de communion, qu'il sortait aussi pour les enterrements. À quatorze ans, il était déjà le petit gros qu'il était resté depuis. Sur son ventre, il tenait quelques asters un peu fanés qu'il avait cueillis dans le jardin devant chez lui et il adressa de nouveau à Emma une demande en mariage d'une grande virtuosité :

« Maintenant que ta mobylette te suffit plus et que t'es toute seule de toute façon, surtout que je te connais depuis longtemps... »

Emma n'était pas en mesure de l'écouter. C'était au-dessus de ses forces.

« Henner, tu es mon meilleur ami. C'est bien comme ça.

— Oui, mais maintenant qu'on va saisir ta ferme ?

— Le premier qui touche à ma ferme, je le zigouille. Tu le sais bien, non ?

— T'es pas drôle, Emma. »

Elle le débarrassa de ses fleurs.

« Je te remercie, Henner. Pour tout ce que tu fais. C'est toi le meilleur.

— Si tu le dis...

— J'ai du *Weckewerk*. T'en veux ? »

Le policier s'assit à la table de cuisine et se jeta sur la nourriture avec concupiscence.

« Comment fais-tu pour abattre un cochon comme ça toute seule ? Pourquoi ne vas-tu pas chercher de l'aide ? Un Polonais, par exemple ?

— Je n'ai besoin de personne.

— Tu sais que c'est interdit, comme tu fais. Le couteau en travers de la gorge, et puis tout le reste. »

Emma lui ôta son assiette bien qu'il n'eût pas fini.

« Tu veux faire un rapport, Henner ? Attends que je débarrasse la table, sinon tes papiers vont être pleins de gras.

— Non, non. »

Il lui fit signe de lui rendre l'assiette, elle obéit. Il claquait les lèvres en mangeant et parlait entre deux bouchées :

« Il y en a qui disent qu'il y a un homme, ici, dans ta ferme.

— Je serais au courant.

— Karl prétend qu'on a mis le feu à l'auto. »

Sur ce point, elle s'abstint de tout commentaire.

« Qu'est-ce que tu vas faire, maintenant, sans ferme ?

— Tu sais bien. Je vais jouer au loto. »

Il secoua la tête. Il était repu et se leva de table.

« Bonne nuit, Emma. T'es une femme pas croyable. Et ton *Weckewerk*, il est encore mieux que toi. Alors, si tu veux te marier, tu sais où me trouver. »

Max mangeait des fruits et les légumes du jardin, crus. Il buvait de l'eau de la source. Le lendemain, dans un esprit de réconciliation, Emma voulut lui donner du *Weckewerk* à lui aussi. Quand il vit les croquettes qui nageaient dans le gras, il fut à nouveau pris de nausée. Il ne supportait pas les lipides. Son corps malade y était allergique. Mais Emma ressentit son envie de vomir comme une insulte à ses talents culinaires. Vexée, elle lui proposa de préparer lui-même quelque chose, mais il ne supportait pas non plus la crasse.

Pourtant, il mourait de faim. Tandis qu'elle dépeçait le porc qu'elle avait autrefois tant aimé, Max s'attaqua donc à la cuisine. Il nettoya, frotta, gratta, jeta et tria tout ce qui se présentait. Ce travail lui procurait un plaisir fou. Il récura avec jouissance la surface de la table en bois. Il mit de l'ordre dans les conserves : d'un côté le salé, de l'autre le sucré. Elle avait des produits superbes : des cornichons, des potirons, des courgettes, des petits oignons, des confitures. Maintenant, on pouvait à nouveau les voir. On arrivait même à reconnaître ce qu'il y avait dans les bocaux. Il décrocha les vieux rideaux jaunis, nettoya les vitres et astiqua le tour des fenêtres.

Pendant ce temps, Emma continuait de débiter les moitiés du cochon qu'elle donnait à dévorer au hachoir électrique. Elle avait des bassines pleines de chair à saucisses qu'elle assaisonnait avec une énorme quantité d'ail, d'oignons, de marjolaine, de muscade, de poivre et de sel. Elle mélangeait et malaxait le tout à la force de ses bras nus. Elle remplissait la machine, étirait l'intestin, le remplissait et faisait un nœud au bout pour refermer les saucissons. Un, puis deux, puis trois...

Elle devait conserver l'argent, quoi qu'il advienne. Elle regarda au-dehors. Personne en vue. Elle sortit donc le sac en plastique et roula quelques liasses comme des cigarillos compacts qu'elle introduisit les uns après les autres à l'intérieur du boyau. Elle fit un nœud et examina son ouvrage. On ne voyait rien. L'argent était enfoui dans le saucisson qu'elle venait d'achever. Pas un instant, il ne viendrait à l'idée de quiconque d'aller l'y chercher. Emma fit donc d'autres rouleaux et les enfonça les uns après les autres dans la charcuterie. Elle accrocha une douzaine de ces saucissons aux longues poutres de l'arrière-cuisine, dont l'atmosphère restait toujours fraîche. Ils y sècheraient à côté des jambons selon la bonne vieille méthode ancestrale.

Après plusieurs heures de travail ardu, Emma était venue à bout de son cochon. Il avait fallu le même temps à Max pour décrasser une seule pièce. Éreintée, elle vint le rejoindre à la cuisine. Il espérait que cette fois au moins, elle se réjouirait. Cependant, elle réagit à nouveau de façon inattendue. On aurait dit qu'il avait non pas tout nettoyé, mais au contraire tout sali. Elle cria comme une furie :

« Nom de Dieu, ce n'est quand même pas possible ! D'abord ma mobylette, et maintenant ma cuisine ! Qu'est-ce que tu as fait ? À quoi ça ressemble maintenant ? Où sont mes affaires ? »

D'un geste tranquille, il ouvrit les placards. Il y avait tout. Ici la vaisselle. Là les condiments. Et les conserves dans le garde-manger. Max lui expliqua avec patience qu'il avait juste fait le tri entre ce qui était encore bon et ce qui était mauvais. Il avait jeté ceci, rangé cela...

À ce moment-là, il parlait encore comme un curé. Emma se mit à sangloter :

« Qui est-ce qui décide de ce qui est bon et qui doit rester ? Et de ce qui est mauvais et qui doit dégager ? Qui ? »

En dépit de ses habitudes, Max finit par hausser le ton. Il avait juste voulu lui faire plaisir et il ne s'attendait pas à ce qu'elle réagît ainsi. Pour la première fois, il opposa même un peu de résistance :

« Quelle question idiote ! C'est la saleté qui dégage bien sûr – la saleté.

— Et pourquoi cela ? Pourquoi ? »

Alors, Max fit quelque chose qu'il n'avait encore jamais fait dans sa vie. Il hurla pour de vrai :

« Pourquoi ? Parce que ça me dégoûte de manger dans des assiettes dégueulasses, de partager mon fromage avec les souris, de trouver des crottes de rat sur la gazinière ou de mordre dans un cafard alors que je croyais que c'était de la croûte ! »

Il était à bout. Il dut prendre appui sur la table.

Alors, Emma fit quelque chose qu'elle n'avait encore jamais fait dans sa vie. Elle la ferma. Elle le fixait en pinçant bravement les lèvres l'une contre l'autre. En secret, elle savait que sa maison était une vraie porcherie – que dis-je, porcherie ? Les cochons étaient plus propres qu'elle dans sa cuisine. Au-dehors, elle maîtrisait tout. Mais ici ?

Max sentit qu'elle essayait d'être conciliante, et de ce fait il se radoucit :

« Je suis ton hôte. Je te suis très reconnaissant de m'avoir recueilli. C'est bien, parce qu'on me recherche et que je ne voudrais pas qu'on me trouve. Mais je ne peux pas me contenter de grignoter des carottes. Je voudrais pouvoir préparer quelque chose. Je peux te faire un bon petit plat. Je sais bien faire la cuisine. Mais pour l'amour du Ciel, je t'en prie, laisse-moi d'abord au moins me frayer un passage jusqu'à la gazinière. Sinon elle est inaccessible. »

Emma s'insurgea d'une voix chevrotante :

« Te frayer un passage ? Tu dois te frayer un passage dans ma cuisine ? »

Max sentait la pitié l'envahir. Cette femme si forte tremblait maintenant. Il répondit donc de façon aussi tendre que s'il s'apprêtait à la caresser :

« Oui, me frayer un passage. Ne sois pas fâchée. »

Mais Emma quitta la pièce sans un mot.

Elle était perturbée. Pas parce qu'il la trouvait bordélique et qu'il l'avait critiquée. Non. C'était autre chose : soudain quelqu'un se montrait gentil à son égard. C'était fatigant. Quelqu'un faisait quelque chose pour elle. C'était une situation inconnue.

Il allait lui faire un bon petit plat. Même sa mère n'avait jamais fait ça ! Elle cuisinait quand elle en avait le temps. Mais il fallait toujours que Emma guette le moment où la nourriture arrivait sur la table. Il n'y avait pas d'heure fixe pour les repas. Même approximative. Si elle avait ne serait-ce que cinq minutes de retard, elle avait raté le coche. Dans ce cas-là, les autres avaient déjà tout boulotté. C'était comme ça, la vie ici : le plus fort se servait en premier, ensuite venait la femelle, et en dernier le petit. Cette ferme remplie d'animaux pacifiques hébergeait des hommes sauvages qui mordaient, bouffaient, frappaient et aboyaient. Si Emma s'en était remise à eux, elle serait morte.

Elle avait toujours été livrée à elle-même et avait toujours dû affronter seule les orages de la vie. Elle n'avait jamais pu dialoguer, demander, donner. Personne ne s'occupait de ses affaires. Adulte, elle trouvait encore cela tout à fait normal. Quand une gouttière était bancale, c'était elle qui la réparait. Quand la chambre était envahie par la vermine, quand la foudre frappait, quand des voleurs rôdaient, quand le feu se déclarait ou que la peste porcine sévissait, quand les tuyaux cédaient, que les rats pullulaient, qu'une truie mettait bas et qu'il y avait des problèmes, c'était toujours elle qui devait y faire face. Elle portait toute la responsabilité sur ses seules épaules et cela l'avait endurcie.

Lorsqu'ils furent enfin tous morts et qu'elle ne fut plus obligée de se planquer en permanence, elle se relâcha. Elle laissa tout traîner. À l'endroit où régnait autrefois le danger, c'est-à-dire à l'intérieur de la maison, elle négligea le ménage.

La tasse de la veille lui rappelait qu'il y avait eu un passé. Et qu'il y aurait un lendemain. Comment aurait-elle perçu qu'une semaine s'était écoulée si la moisissure ne le lui avait pas prouvé ? Son calendrier, c'était la crasse. Les piles de journaux étaient son repère dans le temps.

Emma s'entourait d'une pellicule douce et tendre que les autres appelaient la saleté, mais qui la réchauffait et la protégeait. Ce désordre constituait la face interne de son être, la topographie de son âme. La face externe, c'était le jardin, car lui au moins n'était pas grevé d'hypothèques. Elle pouvait y vivre comme bon lui semblait. Il révélait l'objectif qu'elle souhaitait atteindre en réalité. Son logis, au contraire, était la démonstration vivante de ce qu'elle n'arrivait pas à dépasser.

Et cet homme venait de réduire à néant toute sa belle crasse. Elle comprit que chez elle il n'y avait pas de place pour un autre, pour un homme. Or elle voulait l'avoir, cet autre. Elle voulait le garder auprès d'elle –

dans sa cuisine et aussi dans son lit. Pour qu'il reste, il fallait qu'elle lui cédât cet espace.

Une fois qu'elle eut compris cela, elle revint vers lui. De l'extérieur, elle put le voir à travers les vitres désormais transparentes. Elle l'observa avec émotion s'efforcer de lui donner satisfaction.

Il ouvrait un paquet de farine. Il le posa, reprit son souffle d'un air exténué, puis au prix d'un terrible effort, finit par le retourner. La poudre blanche se répandit sur la table. Ensuite, il prit un œuf et le laissa tomber, avec sa coquille. Le glaire coula sur le sol. Max voulait réparer son erreur. Il voulait tout resalir, rien que pour elle. Touchée par autant de gentillesse, elle entra, et sur le seuil elle dit :

« C'était quand même mieux avant. »

Il leva le regard, surpris.

« À vrai dire, c'est même plutôt pas mal comme ça. »

Max ouvrit des yeux ronds.

« Et je trouverais ça bien que tu me fasses la cuisine. Il y a longtemps que cela ne m'est pas arrivé. Très longtemps, même. »

Il sourit et vint vers elle. Elle était toujours sur le pas de la porte. Max s'approcha et lui prit la main. La gauche, celle avec laquelle elle tuait les cochons. Il y déposa un baiser en lui effleurant tout juste la peau.

« Nous dînons dans une heure, d'accord ? »

Elle approuva d'un signe de la tête, s'essuya le nez dans la manche de sa blouse et monta se changer dans sa chambre.

Pour le moment, elle ne devait pas réfléchir. Il ne fallait surtout pas réfléchir. C'était bien ainsi. Elle avait eu peur. Une peur terrible. Et pourtant c'était un bonheur incroyable. Il ne fallait pas qu'elle pense. Surtout pas. D'autres faisaient pareil. Se voyaient. Se trouvaient. S'aimaient. Vivaient ensemble. Se faisaient confiance. Et parfois se séparaient. Emma avait si peur. Elle voulait avoir tout cela, mais elle n'osait pas vraiment le prendre. Il lui avait baisé la main !

Ne tombe pas dans les bras d'un autre, il te laissera tomber. Dans ses mains, tu vas fondre, et alors, il t'écrasera. Si tu es petite et fragile, il sera dur et méchant.

Ne sois pas confiante, sinon tu seras dépendante. Si tu es dépendante, tu commenceras à supplier qu'on t'aime. Et tu perdras ta dignité et ton bon sens.

Ne tombe pas dans les bras d'un autre, il ne te retiendra pas.

Emma était montée à pas lents dans sa chambre et, perdue dans ses pensées, elle s'était déshabillée devant le miroir fixé à l'intérieur de la porte de l'armoire. Elle s'examina de haut en bas. Toute nue, elle se plaisait bien. Mais elle ne pouvait quand même pas se balader dans cette tenue. En même temps, il fallait qu'il en aperçoive quelque chose. Elle voulait lui faire pressentir comme elle était belle. Or les blouses ne laissaient pressentir que des horreurs. Elle avait besoin d'autre chose. Qu'avait-elle encore dans son armoire ?

Elle posa toutes ses blouses sur son vieux fauteuil. Elle en possédait un nombre étonnant. Il y avait d'abord celles qu'elle avait achetées dans les quinze dernières années. Ensuite, elle retrouva celles que sa mère avait portées. Puis tout au fond, celles de sa grand-mère. L'armoire était énorme. La pile de blouses multicolores ne cessait de gonfler. Il y en avait sans doute une centaine. C&A et Flachsmeier avaient dû faire fortune avec elles !

Après les blouses vinrent les dessous de sa grand-mère. Emma ne les avait encore jamais vus. Elle prit une combinaison blanche dont le décolleté était orné de vieille dentelle aux fuseaux. Le tissu en était fin et laissait deviner sa silhouette. Emma était forte et musclée, mais pas massive. Elle était bien faite. Elle laissa ses cheveux déliés, cela la rajeunissait de plusieurs années. On aurait presque dit une demoiselle.

Elle fut obligée de rire. Elle n'oserait jamais se montrer dans cette tenue, jamais ! Certes, elle faisait de l'effet. Le jupon était mignon. Sa grand-mère l'avait sans doute tissé elle-même. À l'époque, ils cultivaient encore du lin. Mais Emma avait néanmoins l'impression d'être trop dévêtue. Elle était gênée. À contrecœur, elle passa une de ses vieilles blouses et sortit fâchée contre elle-même.

Ce jour-là, elle apporta à Hans une copieuse assiette de mousse de foie toute fraîche, de pâté de tête et de poitrine fumée. Grâce à cela, il apprit qu'elle élevait des cochons et qu'elle les abattait elle-même. Impressionné, il la pria de lui en dire plus. Mais elle remit cette discussion au lendemain. Elle voulait encore accrocher du linge et son repas l'attendait.

Le prisonnier se régala et donna même un peu de mousse de foie à l'araignée. Depuis deux jours, ses migraines chroniques avaient disparu. Sa captivité serait-elle pour lui une sorte de cure ?

Pénombre-les-Bains. Cela pourrait peut-être se vendre, et même devenir à la mode ? Faire une retraite sans être contraint de méditer ou de se taire. Juste rester assis par terre dans l'obscurité. Il fallait qu'il cogite. On pourrait peut-être lancer ça sur le marché.

La vie de Hans n'était pas encore un conte de fées. Il attendait un truc décisif, son grand coup. Il était sûr que ça allait venir. Mais quand ? Et qu'est-ce que ça serait ? Il avait misé sur des actions qui chutaient, sur des chevaux qui perdaient et sur des femmes qui ne l'aimaient pas. Quand il allait dans le Midi, il pleuvait. Quand il oubliait de déposer son billet de loto, on tirait ses chiffres. Hans n'y voyait pas de fatalité, mais il était sûr au contraire à cent pour cent qu'en vertu d'un principe statistique ses chances de connaître bientôt un très grand bonheur augmentaient chaque fois.

Ce moment était-il arrivé ? Il n'y avait pas que les vieilleries pour les brocanteurs ici. Il était sur la voie d'un coup de génie. Il se dit soudain qu'il n'était pas pris en otage. Non, c'était une césure. C'était le destin. Il devait réfléchir à Pénombre-les-Bains. Comme c'était bon d'être loin de Dagmar !

Dans le jardin, Emma tendit la corde à linge et accrocha les draps. C'était le début de soirée, mais il faisait encore chaud, trop chaud pour supporter une blouse et une combinaison. Protégée des regards par la lessive qui pendait, elle retira son affreuse blouse multicolore. Le vent lui rafraîchit la peau et agitait le fin jupon de sa grand-mère. C'était un bel été et son humeur s'améliora.

C'est alors que Max arriva. Elle l'aperçut à travers les draps. Elle se regarda et fut saisie de honte. Il était maintenant derrière le linge qu'elle venait d'accrocher. La corde était fixée si haut qu'il ne pouvait rien voir. Mais sa main apparut et tira dessus. Sa tête surgit d'un coup. Il dévisagea Emma, qui piqua un fard.

Max dit sur un ton gentil :

« J'ai fait de la ratatouille, ça te va ? »

Elle fit oui de la tête. On verrait bien ce que c'est.

Il sourit en désignant la combinaison de la grand-mère :

« C'est très mignon. Si tu veux bien, je vais chercher un gilet de ton père dans l'armoire. Sinon nous allons dépareiller à table. D'accord ? »

Elle hocha la tête.

Ne tombe pas dans les bras d'un autre, il te laissera tomber, malheureuse.

Il s'éloigna.

L'argent. Il fallait qu'elle le conserve, quoi qu'il arrive. Max pouvait être aussi gentil qu'il voulait, elle garderait son pognon.

Ils passèrent donc à table.

Il dit que c'était dommage qu'elle n'ait qu'un téléviseur. Si elle avait eu une chaîne Hi-fi, ils auraient pu mettre de la musique.

Emma n'avait encore jamais mangé en musique.

« Qu'est-ce qu'on peut bien écouter en dînant ?

— Händel, ce serait bien.

— Ah !... »

Soudain, elle se sentit toute petite. Elle ne connaissait pas de Händel. Elle était comme étrangère dans sa propre cuisine, avec ce drôle de repas. Il n'y avait en effet rien d'autre que des légumes. Elle venait de tuer un cochon et il n'y avait rien de sérieux à manger. Bon... Il ne lui baisa plus la main non plus. Emma alla au lit affamée, à double titre.

Hans ne ressemblait pas du tout à Max. Il lui plaisait presque mieux. Il était plus simple et lui parlait avec gentillesse. Il aimait sa charcuterie, ce qui remplissait Emma de fierté. Elle coupait des tranches de saucisson l'une après l'autre et ils se régalaient ensemble dans l'obscurité. Dans une main, elle tenait un morceau de pain de seigle frais, dans l'autre un saucisson.

« Divin », disait Hans en se léchant les babines.

La fraternisation faisait de grands progrès. Hans était encore prisonnier et c'était elle qui avait la clé. Ils étaient encore séparés par un grillage, mais Emma commençait à avoir confiance en lui.

Quand elle lui dit combien elle vendait sa charcuterie, il secoua la tête. Le prix était trop bas. Beaucoup trop bas. En Italie, raconta-t-il, il y a des saucissons, presque aussi bons que ceux d'Emma, qui valent trois fois plus. Et les Français alors, avec leurs saucissons pleins de bouts de gras et de cartilage, beurk ! Et chers en plus de ça ! Et les Anglais, est-ce qu'elle avait déjà goûté de la charcuterie anglaise ? Non ? C'est du papier qu'ils mettent dedans. Ils font des saucisses avec du papier dedans, et même que des fois ils rajoutent du tissu. Emma était morte de rire. Hans souriait. Bien entendu qu'il n'y avait pas de tissu dans les saucisses anglaises, mais il n'aimait pas les supporters britanniques. C'est pourquoi il avait inventé cette histoire.

Elle lui parla de ses cochons, des prix, des lois du marché. Et à la fin même de la vente aux enchères qui la menaçait. Assis par terre dans sa sombre cellule, Hans écrivait à la lueur des bougies sur le papier qu'elle lui avait donné en même temps que des stylos, et il élaborait une nouvelle stratégie pour la ferme.

« Tes cochons courent dans la nature ?

— Oui, dans un pré.

— De combien de mètres carrés un cochon dispose-t-il à peu près ?

— Pour quoi faire ?

— Pour courir, pour vivre...

— Ah ! hum !... C'est difficile à dire. Mais beaucoup. Ils ne vivent pas dans des mètres carrés, ils se promènent entre la rivière et leur bauge sous le hêtre. Après ils reviennent à la porcherie. C'est comme ils veulent.

— Bon, je vais marquer dix mètres carrés par animal. D'accord ? Plus une rivière et une bauge. Élevés au plein air, c'est ça ? Tout un groupe, au soleil ? C'est à peu près cela, non ? »

Hans prenait des notes et faisait des schémas. Emma était surprise par ses questions banales.

« Et sinon ?

— Rien. Je les aime.

— Dans quelle mesure ?

— Oh ! ... Je leur parle à chacun, je les caresse.

— Tous ?

— Ouais.

— Souvent ?

— Tous les jours.

— Tous les jours, tu caresses tes bêtes et tu leur parles ?

— Ben ouais.

— C'est dingue. Personne ne va me croire à nouveau. »

Hans prenait des tonnes de notes et il disait des choses comme « Super ! Suuuper ! En liberté ! Heureux ! »

Il se concentra et inscrivit en majuscules deux mots : COCHONS HEUREUX. En dessous, il marqua : *happy pigs*.

« Et ensuite, quoi d'autre ?

— Quand ils sont assez gros, je les tue.

— Où ?

— Ben, ici.

— Quoi ? Explique-moi, s'il te plaît. Dans les moindres détails. »

Alors, Emma lui décrivit avec précision comment elle procédait. Il la comprenait, il la félicita.

« C'est si rare que ça ? demanda-t-elle.

— Bien sûr, Emma. C'est très noble, ta façon de t'y prendre avec les animaux. C'est une méthode tout à fait personnelle, tout à fait nouvelle. C'est une invention, tu vois. Tu as vraiment fait une découverte. Bravo ! »

Emma rougit et balbutia un remerciement. Elle devrait le libérer maintenant. Il la tutoyait, comme un ami. Il l'avait félicitée. Quand est-ce que cela lui était déjà arrivé ? Sa main glissa sur sa blouse et sortit la clé. Hans attendait cet instant avec impatience, mais il fit comme s'il était plongé dans ses pensées. Il nota quelque chose. À la réflexion, elle remit quand même la clé dans sa poche. Elle n'osait pas lui rendre sa liberté.

Il lui vint en aide :

« Je suis presque heureux de méditer en paix. Ce n'est pas une mauvaise idée de pouvoir travailler sans être dérangé. »

Au cours de la nuit, Max eut des douleurs abominables. Il avait des brûlures dans tout le ventre. Ses jambes était très gonflées, comme des poids qui le tiraient vers le bas. Elles le clouaient au lit, il pouvait à peine bouger. Ce n'est qu'à l'aube qu'il s'endormit, éreinté.

Le lendemain, il se sentait mieux physiquement, mais il était redevenu sérieux et lucide comme par le passé. Il devait quitter cette ferme, et même le plus tôt possible. Il avait l'impression que Emma était un peu tombée amoureuse de lui, mais il ne croyait pas qu'il eût besoin de cela en ce moment, une histoire d'amour. Juste avant de... il était déjà à moitié mort. Il ne pouvait pas laisser une femme s'attacher à lui, susciter des espoirs là où il n'y avait plus d'espoir.

Il ne supportait pas cette charcuterie que Emma lui offrait. Le gras le dégoûtait, mais elle, elle croyait qu'il n'aimait pas ses produits. Il mangeait des légumes, des salades, mais pas de porc. Il ne pouvait quand même pas lui imposer de voir mourir un malade. Il devait aller dans un centre antidouleur, comme le médecin le lui avait recommandé. Mais il n'avait pas envie de lui donner d'explications, à Emma, il ne voulait pas lui parler. Qu'aurait-il bien pu lui dire ? Ils se connaissaient à peine.

Ce jour-là, Emma tint conseil avec Hans dans la grange. Son idée avait mûri, il voulait devenir son manager, signer des contrats, passer des coups de fil en Amérique ! Enthousiaste, il lui exposait ce qu'il était selon lui possible de faire de la ferme, mais Emma ne le comprenait pas. Il prétendait qu'il pouvait faire d'elle une femme riche, mais elle ne le croyait pas. Il voulait sans doute sortir de sa prison. Elle allait de toute façon le libérer. Mais d'abord, elle dirait encore un mot en faveur de Max.

« Il est ici, à la ferme, et je l'aime beaucoup.

— Une liaison, Max ? Ça, c'est une première.

— Et il est tellement désolé que l'argent ait brûlé.

— Emma, répondit Hans en souriant comme un acteur professionnel, qu'est-ce que c'est que cinquante mille dollars ?

— Rien ?

— Tous les deux, nous gagnerons bientôt beaucoup plus ! »

Emma n'arrivait pas à le croire.

« Tu ne lui en veux pas ?

— Mais non.

— Alors, je te laisse sortir, d'accord ?

— Oui, Emma. »

Hans la regardait d'un air confiant. Elle essayait de se convaincre que c'était quand même un ami de Max. Il tiendrait parole. Non ? Il y avait un risque, car elle ne savait pas comment étaient les gens de la ville. Hans avait tout le temps été gentil avec elle. Il ne s'était même pas plaint d'être enfermé pendant des journées entières. C'est pourquoi elle sortit d'un geste lent la clé de sa blouse. Hans faisait mine d'être indifférent. Il se leva et épousseta ses vêtements tandis qu'elle ouvrait la serrure. Dès que la porte fut entrebâillée, il lui passa le bras autour de la gorge et l'étrangla.

« Espèce de salope ! »

Le choc fut terrible. Emma regretta aussitôt son geste. Qu'avait-elle fait ? Quelle sottise ! Bien sûr qu'il voulait récupérer son argent !

Hans lui prit le bras et le retourna. Elle cria de douleur. Il la poussa à l'intérieur de la cellule et referma la porte. Emma le fixait sans pouvoir dire un mot. Depuis qu'elle vivait seule, personne n'avait plus réussi à l'empoigner de la sorte. Elle était déboussolée.

« Quelque part, l'entendit-elle dire d'une voix oppressée, il y a un Russe qui m'attend, avec une terrible envie de me flinguer : la Ferrari foutue, le pognon disparu. Il va me zigouiller s'il ne récupère pas son pèze ! »

Emma voulait dire quelque chose, elle voulait lui rendre l'argent caché dans les saucissons, mais elle était sans voix.

Elle avait souvent été emprisonnée dans la remise. Si elle avait eu le malheur de casser l'anse d'une vieille tasse usée, on l'enfermait pendant des heures dans ce cachot. Si le voisin dégoûtant l'avait prise sur ses genoux et qu'elle avait protesté. Si la grand-tante était venue leur rendre visite et que Emma n'avait pas fait de stupide révérence. Si elle n'avait pas aidé sa mère. Si elle avait renversé le pot au lait. Si tout simplement elle avait été là au mauvais moment, ou au contraire si elle n'avait justement *pas* été là, on la cloîtrait dans la remise pour la punir.

Mais elle n'était plus une petite fille. Emma se releva avec lenteur. Elle prit son élan et se rua de toutes ses forces contre la porte. Rien.

« Ouvre ! hurla-t-elle.

— J'ai passé des jours là-dedans.

— Je ne veux pas rester ici, pleurait-elle.

— Moi non plus, je ne voulais pas. »

Max fit ses adieux à la ferme. Prenant appui sur un bâton, il se rendit à la cuisine, puis dans la chambre à coucher d'Emma. Il passa la main sur son lit, sur ses blouses. Il considéra une dernière fois chaque pièce pour prendre congé. Et plus il essayait de se détacher d'elle, plus il aspirait à la voir arriver. La peur de la perdre avait disparu. Parce qu'il la perdrait à coup sûr. Elle était complètement folle, mais c'était quelqu'un d'exceptionnel.

Pour quelle raison voulait-il s'en aller, se demanda-t-il, puisque de toute façon il allait partir ? Ce n'était qu'une question de semaines.

Pourquoi se refuser ce plaisir ? Jusqu'à présent, il s'était tout interdit. Pourquoi continuer jusque dans la mort, alors que plus rien n'avait d'importance ? Pourquoi encore autant de scrupules alors que la mort n'en avait aucun et qu'il était si injuste qu'elle vienne déjà. La vie était trop courte pour qu'on éprouvât des scrupules.

La nourriture des poules était stockée derrière l'étable. Il entendit des voix qui venaient de là. Emma ? Il ouvrit la porte et vit les deux autres.

« Hans ! Qu'est-ce que tu fais ici ? Emma... ? »

Hans s'était promis de réduire Max en bouillie dès qu'il apparaîtrait. Mais même dans cette obscurité, il remarqua aussitôt qu'il n'allait pas bien. Malade. Vraiment très malade. C'est pourquoi il se contenta de lui demander :

« Pourquoi as-tu piqué mon fric ? Tu sais bien quand même ce que le Russe... »

Max l'interrompit.

« Pas ici. Libère-la tout de suite ! »

Hans sortit la clé de la poche de son pantalon en ajoutant :

« Et l'argent ?

— Tu vas l'avoir, d'une manière ou d'une autre. »

Hans ouvrit la porte ; Emma le fixait. Il l'avait frappée. La colère monta enfin à nouveau en elle. Elle le saisit par le col :

« Si jamais tu oses encore me... »

Il lui tendit la main dans un geste de réconciliation et lui proposa :

« Nous sommes quittes, O.K. ? »

Max passa son bras autour des épaules d'Emma et l'entraîna au-dehors. Il sentit comme elle tremblait.

Elle aurait dû dire qu'elle avait pris l'argent. Mais alors elle aurait perdu Max. Elle avait nié trop longtemps. Donc elle ne dit rien, même maintenant.

Comme Hans n'avait pas vu la lumière du soleil depuis plusieurs jours, il plissa les yeux en sortant à l'air libre.

Max voulait lui parler seul à seul et l'emmena par conséquent dans la véranda. Là, il lui expliqua que l'argent avait brûlé pendant l'accident. Hans n'en croyait pas un mot.

« Pourquoi une auto se mettrait-elle à brûler juste parce qu'elle a descendu un talus ? Par temps de pluie en plus !

— Mais je ne l'ai plus. Je te le jure !

— C'est Emma qui l'a.

— Mais non ! C'est sûr qu'il a brûlé. »

Hans savait que c'était elle qui l'avait.

En guise de réparation, Max lui proposa son assurance vie.

« Super ! Plus que quarante ans à attendre... »

Alors Max grommela quelque chose où il était question de semaines. Ce n'était guère compréhensible, mais cette fois, Hans l'entendit. Il était consterné.

« Elle le sait ?

— Non. »

Les deux hommes se connaissaient depuis toujours, mais ils ne s'étaient jamais touchés. Pour la première fois, Hans donna une petite tape amicale dans le dos de son ami et il le prit dans ses bras. Alors, Max se mit à pleurer sans retenue sur son épaule.

« C'est si grave que cela ? À cause de l'accident ? »

Max secoua la tête.

« Non, c'était avant.

— Et pourquoi as-tu pris le pognon ?

— Je voulais... m'en aller.

— Je t'aurais aidé.

— Et si jamais tu ne l'avais pas fait ?

— Ah non ! Tu ne vas pas recommencer ! »

Hans le serra encore une fois dans ses bras, presque avec tendresse.

« Bon, tu ne vas pas m'embrasser maintenant ? »

protesta Max en rassemblant toutes ses forces et en riant même un peu.

En guise d'adieu, Hans lui servit un petit mensonge :
« Ne te fais pas de soucis. Le pognon a brûlé. Quand c'est foutu, c'est foutu. »

— Prends l'assurance vie.

— Va te faire voir. »

Hans dit cela avec un grand sourire.

Le verrat, ce dangereux compère, était dans le pré. Max s'introduisit donc dans son box et s'allongea dans la paille, mort de fatigue. Il aurait tant aimé rester ici, chez Emma. Pourquoi ne le faisait-il pas, tout simplement ? Il baissa le regard sur son corps, se caressa d'un geste crispé et esquissa un sourire timide. Sa maladie ne lui interdisait pas encore tout. Pourquoi ne ferait-il pas au moins l'amour une fois dans sa vie ? Il avait atterri dans une ferme et avait fait la connaissance d'une femme qui ressemblait plutôt à un animal, mais qui était plus chaleureuse que tous les êtres humains qu'il avait rencontrés jusqu'à présent. Max revit Emma dans la combinaison de sa grand-mère, prit du plaisir à ce souvenir et s'endormit ensuite dans la paille du verrat.

Emma alla chercher deux canettes et Hans le portable de Max. Ils se rendirent ensemble dans le cachot et ouvrirent la fenêtre de la remise. Le séducteur s'étira avec délectation et fit à nouveau son cinéma. Il ne laissa rien transpirer de ce qu'il avait appris sur la santé de son ami.

Avec les deux bières, ils fêtèrent leur libération et leur réconciliation. Puis Hans prit le téléphone :

« *Hello Jim. Hans speaking. Hans Hilfinger. Germany. Yes, right. I've got a marketing idea, extraordinary. I tell you. Yes. Absolutely new. No, you never heard. Listen. You eat eggs, for example. And all people want to have eggs from happy chickens. Animals, who can walk around and have nice air, fresh wind, on a farm, something like this. You understand ?* »

Emma, elle, ne comprenait pas un mot. À la ferme, personne ne parlait anglais, et dans le village non plus. Il n'était d'ailleurs encore jamais venu personne qui voulût parler cette langue. Il n'y avait que Flachsmeier qui sortait de temps en temps quelques mots d'italien et qui devenait alors sentimental. Mais Emma prit tout de même du plaisir à écouter Hans.

« *Here is someone, a woman, who has got pigs. She makes saussages made from her pigs. Really good ones. But, listen, the pigs, the animals have a better live than you and me. You understand ? They can walk around, she speaks to them, touches them, loves them. Happily pigs, you realize ? Then she kills them easily, they don't have any stress, nothing. Not like others, who are screeming and crying. They don't have fear. They, let's say, also die happy. Do you understand ? No ?* »

À ce moment-là, Hans parla un peu plus fort, comme si son correspondant le comprenait mal :

« *I don't care about pigs. But their meat is much better. Yes ! So my idea is to sell every kind of pork made from those happily pigs, and we call it, listen :*

happy pork. You got it, Jim ? We have to make sure to have the worldwide rights for happy pork ! »

Il riait et son correspondant américain semblait rire lui aussi. Hans était tout excité. Il répétait sans cesse « *happy pork* » et « *worldwide rights* » en riant aux éclats. Jusqu'à ce qu'il n'eût à nouveau plus de batterie.

Il prit Emma dans ses bras et la serra très fort :

« On va devenir super riches, toi et moi. Max et Jim. Riches ! Ah !... Riches ! Jim dit que ça va marcher ! Ça va rapporter beaucoup d'argent ! »

Emma se dit que le pauvre homme était resté enfermé trop longtemps. C'était cela, rien d'autre. Il dansait comme un Indien sur le sentier de la guerre et il s'écriait :

« Je m'en fous, du Russe ! Je m'en fous, de la Ferrari. Je m'en fous... »

Puis il se rassit par terre.

« Il faut que je rentre. Je dois m'occuper de ça. Je prépare les contrats et tout le reste, d'accord ? Et quand je serai prêt, je reviens... J'ai juste besoin de quelque... J'ai besoin de temps. »

Emma faisait oui de la tête, pour le calmer. Elle aussi, elle était souvent nerveuse, mais alors celui-là !

Pour finir, une autre idée lui traversa encore l'esprit :

« Et Pénombre-les-Bains ! Ça aussi, je vais le déposer, tant qu'à faire. Super ! »

La voiture dans laquelle il était arrivé, quelques jours auparavant, et qu'il avait garée au bord de la route avait disparu. À la fourrière. Donc, il appela un taxi pour la Nationale 7 au kilomètre 52,5 en direction du nord. La réceptionniste de la centrale située en ville n'en croyait pas ses oreilles :

« Qu'est-ce que c'est comme adresse ? Il y a un nom sur la porte ?

— C'est une borne kilométrique, madame. Ce n'est pas une habitation.

— Il n'y a encore jamais personne qui soit allé là, jamais. »

Le trajet parut trop dangereux aux chauffeurs.

Emma confirma qu'elle n'avait jamais vu de taxi dans la région. Elle ne savait même pas à quoi ça ressemblait. Mais elle pouvait l'emmener où il voulait. Sa témérité lui fit peur à elle-même : elle n'était encore jamais allée en ville.

« Et avec quoi ? » demanda-t-il.

Hans, le fou du volant, était juché sur l'inconfortable siège passager d'un antique tracteur qui se traînait en cahotant à la vitesse intersidérale de vingt-cinq kilomètres-heure. D'une main, il s'agrippait de toutes ses forces parce que l'engin vibrait et balançait dans tous les sens. De l'autre, il tenait le porcelet que Emma avait tenu à lui offrir – pour se faire pardonner de l'avoir enfermé. C'était un gentil petit cochon qui était assis à côté de lui et qui pointait son groin dans le vent.

Dagmar se tenait derrière la porte vitrée du prestigieux garage Hilfinger quand son chef arriva sur le parking, après deux heures de route, dans le tracteur de sa nouvelle conquête. La secrétaire avait profité du calme dont elle jouissait depuis quelques jours pour éplucher tous les magazines féminins de la semaine.

Elle voyait maintenant débouler un véhicule qui correspondait à s'y méprendre au style campagnard à la mode. La blouse de la dame, d'un vert tirant sur le bleu, formait un contraste osé, mais en même temps admirable, avec le foulard blanc à pois jaunes qui lui couvrait la tête. Le mannequin avait le teint hâlé des gens qui vivent au grand air, le maquillage était très léger de façon à renforcer l'impression de naturel. Les bottes en caoutchouc étaient d'inspiration anglaise. Mais le pompon, c'était son chef. Celui-ci descendit du tracteur, fit au revoir de la main et, quand la beauté fut partie, s'approcha, un porcelet dans les bras.

« Pas vrai que tu as un cochon ! s'exclama Dagmar. Un vrai petit cochon, un tout petit. Ce n'est pas croyable !

— Si, répondit Hans en souriant. Tu parles d'une cochonnerie ! »

À ce moment-là, il pensa à Max et il ajouta avec tristesse, plus pour lui-même que pour sa secrétaire :

« Enfin, il y a pire... »

Dagmar fit une grimace :

« Dis donc, tu sens fort. »

Et encore, c'était gentil, car en réalité Hans puait de manière effroyable. Cela faisait des jours qu'il ne s'était pas lavé, et son cochon n'était guère mieux.

« Ah ! tu sais, expliqua-t-il, je n'ai vraiment pas eu le temps de faire ma toilette. »

Des semaines durant, Dagmar allait fantasmer sur ce qu'il avait bien pu faire pendant des jours avec sa chauffeuse de tracteur et son petit cochon. Des scènes merveilleuses et horribles à la fois hanteraient son esprit. Son imagination allait errer par monts et par vaux et offrir à son esprit romantique des rêves inouïs. Elle finit même par acheter une veste en loden à son mari, mais cela n'y changea pas grand-chose.

À l'aller, Emma avait papoté et rigolé, mais en son for intérieur elle tremblait d'angoisse. La ville, la vraie ville, et elle au milieu ! Mon Dieu, pourquoi cette trouille ? En fait, ça allait. Il y avait de l'asphalte sur la route, comme sur la sienne. Et si elle était perdue, elle pourrait toujours demander son chemin. En plus, ça n'était pas aussi compliqué qu'elle l'avait toujours craint, loin de là.

Hans lui avait fait un plaisir monstre. Il lui avait dit de s'arrêter devant une vraie usine de têtes-de-nègre en briques rouges. Il en avait acheté une centaine, dans une boîte en carton. Elle allait pouvoir s'en empiffrer toute seule. Ce serait enfin le début de sa carrière de grosse vache !

En quittant le parking, elle engouffra vite fait sa vingtième friandise. Le sucre la grisait.

En ville, il y avait des magasins, des gens, des autos, des bus. Et des croisements énormes qui ne lui faisaient même plus rien ! Aux derniers d'entre eux, elle klaxonna. Elle sentait qu'elle n'avait plus peur. Elle se faisait rire elle-même. Sans ralentir, elle se levait et tendait le bras en l'air, comme un champion qui vient de remporter une victoire. Elle hurlait de bonheur comme une Italienne débridée qui traverse le centre-ville en brandissant un drapeau après une victoire au foot. Folle de joie, elle jetait des têtes-de-nègre aux passants et criait de plaisir. Il y avait du changement. Emma était en ville !

Max avait trouvé le dollar. Pendant sa sieste, il avait retourné la paille près de l'auge, et, en ouvrant les yeux, il avait découvert le billet. À quelques centimètres de son visage, il y avait juste un coin qui dépassait, avec des feuilles vertes qui formaient des vrilles autour d'un chiffre. Hans avait donc raison.

Il dut s'asseoir sur l'auge du verrat pour réfléchir. Il avait envie de vomir. Il tenait le billet entre ses mains et le retournait dans tous les sens. Il n'y avait pas d'autre explication possible. Ça devait être la vérité. Il aurait préféré que l'argent ait brûlé. Il avait perdu l'illusion que cette femme éprouvait pour lui un intérêt sincère.

Après mûre réflexion, il mit le dollar dans la poche de son pantalon. Il avait mal, surtout à l'estomac. Soudain, il eut de terribles flatulences. Il fit de longs pets bruyants. Par chance, il était seul, et en plus dans une porcherie. Il ne lui était jamais arrivé de péter comme ça. Ses jambes aussi lui faisaient mal. Mais il n'y avait rien à faire : il devait retrouver son argent, qui appartenait en fait à Hans.

Max fouilla la ferme de fond en comble. Il retourna les armoires et les tiroirs d'Emma, il regarda sous son matelas, dans le four, dans la cuvette des toilettes, dans les casseroles et derrière les poêles, dans le hachoir, dans la grange où elle rangeait ses instruments, entre les saucissons et les jambons, dans les pots à lait et dans la paille, près de la truie et entre les petits cochons.

La maison était encore un capharnaüm, et ici, il y avait mille et une possibilités pour cacher un sac en plastique. Il ne trouverait jamais l'argent, jamais !

C'était presque bien, ici, avec Emma. Mais l'auto n'avait pas pris feu toute seule, elle avait dû l'allumer, la garce. Pour qu'il croie que l'argent était parti en fumée. Quelle salope ! Est-ce qu'elle lui aurait appris à dire des gros mots ? À se mettre en colère ?

Alors, ses forces l'abandonnèrent. Il parvint tout juste à se traîner jusqu'à la véranda. Là, il s'effondra et se mit à vomir. Le bruit qu'il faisait en rendant effraya même les poules. Le coq arriva à toute allure. Il s'arrêta à côté de lui et observa ce qui se passait avec nervosité.

En haut, Max dégueulait, et en bas, il chiait, car il avait en même temps la diarrhée. Tantôt il s'agrippait à la balustrade, tantôt il se penchait par-dessus tellement il était épuisé. Son corps débordait de tout côté. Des larmes lui coulaient des yeux, et du fait de l'effort la sueur sortait par le moindre de ses pores. Quand il eut fini de dégueuler et de chier, il resta recroquevillé sur le sol, dans tout ce que son corps avait expurgé. Il reprenait sa respiration, lessivé.

Il ne pouvait plus s'en aller. C'était trop tard. Il ne pouvait plus aller nulle part. Qu'est-ce qu'il pouvait bien faire ?

Lentement, il essaya de se redresser. Il en était incapable. Il rentra donc à quatre pattes dans le sauna où, avec la plus grande difficulté et d'extrêmes douleurs, il ôta sa chemise et son pantalon. À nouveau, il tomba par terre, mais il réussit au bout d'un moment à se relever et, en rassemblant ses dernières forces, à enlever son caleçon plein de merde. Puis, sale comme il était, il se mit dans les draps et s'endormit aussitôt.

C'est dans cet état que Emma le trouva en rentrant de la ville. Elle aperçut la vomissure et les excréments sur le sol de la véranda et elle commença à se faire beaucoup de souci à son sujet. Elle ne nettoierait pas ; elle savait qu'après il aurait honte. Et elle ne voulait pas lui faire cela.

Pendant toute la soirée et toute la nuit, Max resta au lit, inerte. Au petit matin, le coq poussa son cri comme d'habitude, et justement aujourd'hui il parvint à le réveiller.

Max avait un peu recouvré ses forces, du moins assez pour faire sa toilette et nettoyer la véranda. Il défit son lit et cacha les draps dans un coffre avec les vêtements qu'il avait salis. Il n'avait pas encore la force de les laver.

Emma l'avait observé de loin et avait noté chacun de ses mouvements, à l'intérieur comme à l'extérieur du sauna.

Il était à nouveau allongé dans le hamac, encore épuisé et blême. Il était surtout déçu, terriblement déçu. Lui piquer son argent et jouer les amoureuses !

Pourtant, quand elle lui apporta du riz au lait avec du sucre et de la cannelle, il lui en fut reconnaissant. Elle le trouva amaigri.

« Voilà ce que c'est quand on ne mange pas de viande », pensa-t-elle, maussade.

Mais elle ne lui dit rien. Elle n'osait pas. Il s'était passé quelque chose, mais elle ne savait pas ce dont il s'agissait.

Le plat chaud lui fit du bien au ventre. Le sucre lui redonna de l'énergie et l'odeur de cannelle un peu de courage. Après, il dormit quelques heures dans le hamac. Emma ne le quittait pas des yeux et le coq aussi le surveillait. Mais l'un comme l'autre se tenaient à distance.

Le soir, Max fit une machine et accrocha le linge. Il ne parlait toujours pas à Emma. Il but beaucoup d'eau et, une fois son travail accompli, il se remit dans le hamac. Ses jambes lui faisaient mal, elles étaient toutes gonflées.

Il réfléchit. Il fallait qu'elle lui avoue où se trouvait l'argent. Elle était la seule à le savoir et à pouvoir le dire. C'était tout simple. Mais il devait trouver une ruse, sinon il n'y arriverait pas. Il avait maintenant besoin de quelques jours de repos et il était content qu'elle s'occupe de lui. Et aussi qu'elle ne pose pas de questions.

Dans le rêve d'Emma, des boules flottaient dans l'air et se déformaient. Elles se divisaient en deux ou trois, puis se regroupaient en une seule. Les boules s'étiraient pour former des barres plus ou moins longues, se remettaient en mouvement et flottaient à nouveau dans le bleu infini.

Dès qu'elles s'entrechoquaient, Emma entendait des bruits insupportables, à en être malade. Voilà des années déjà qu'elle faisait ce rêve de boules et de bruits. Et maintenant que sa vie avait changé, grâce à Hans, à la ville et à Max, elle comprit enfin ce qu'était ce vacarme et d'où il venait.

C'étaient des cris et un bruit répugnant de métal qui grince. Des hommes hurlaient des ordres. On ne comprenait pas ce qu'ils disaient. C'était juste des sons pour commander, exiger, avertir, jurer, aller plus vite.

Le lieu : une porcherie. Il y avait des petits cochons sans leur mère, sans protection. Pris de panique, ils poussaient des cris perçants. Transis de peur, ils se réfugiaient dans un coin. Mais les mains des hommes les rattrapaient quand même. Les soulevaient les uns après les autres par les pattes arrière et faisaient le tri. Seuls les mâles y passaient. On entendait le bruit du métal qu'on frotte, qu'on aiguise, qu'on affûte. On préparait les couteaux.

Un homme ouvrait les petites fesses du goret comme une pêche mûre. Un autre s'emparait des petites couilles, à peine plus grosses que des perles. Il pressait dessus et les coupait. Le premier rejetait alors l'animal dans le box. Du sang coulait. Il n'y avait pas d'anesthésie, pas de désinfectant. Certaines bêtes mouraient des séquelles de l'opération.

Le vacarme qui avait hanté les rêves d'Emma pendant de longues années était un mélange de cris de gorets, de bruits de couteaux et de voix masculines. Un mixage infernal.

Elle se souvenait enfin qu'une fois elle s'était elle-même blottie dans le coin où se réfugiaient les petits cochons blessés. Elle avait tout entendu. Elle avait tout vu. Sans être elle-même repérée par les hommes qu'elle reconnaissait soudain : son père et son grand-père.

Après ce moment de torture, les porcelets atterrissaient près d'elle dans la paille. Castrés, ensanglantés, ils hurlaient tout ce qu'ils pouvaient.

En se réveillant, Emma fut prise d'un frisson de dégoût – comme un chien mouillé par la pluie. Ce qui l'avait sauvée, c'est qu'elle n'avait pas de testicules. Était-ce pour cela qu'elle ressentait maintenant du bonheur ? Un bonheur de ne pas être un garçon ? Et quel bonheur !

Pendant longtemps, elle avait craint en secret qu'on l'eût elle aussi rejetée dans la paille. Peut-être l'avait-on confondue avec un goret, puisqu'elle s'était allongée avec eux alors que c'était interdit ? Se pouvait-il que son père ait eu un fils auquel il avait par inadvertance coupé les petites perles ? Qu'elle était ce qu'il en restait ? Et que ce résidu s'appelait Emma ?

Maintenant qu'elle était réveillée, elle pouvait interpréter son rêve. Pendant toutes ces années, la même idée l'avait torturée : était-elle une femme ou seulement un castrat ?

Toutefois, dans ce rêve qu'elle comprenait enfin, il n'y avait pas que de la peur et de l'effroi : Emma se voit dans la paille, les yeux fermés. Dans ses bras, sur sa poitrine, elle tient les petits cochons qui crient. Leurs poils sont blancs et fins, leur peau douce comme de la pâte d'amandes, leurs groin mou comme du beurre, leurs yeux humides. Leurs petites oreilles tremblent de douleur et d'angoisse.

Jamais il ne lui serait venu à l'idée de castrer des gorets. Elle les tuait avant qu'ils fussent aptes à la procréation. Ou bien elle les exportait en Hollande, où l'on avait le droit de vendre du verrat. La viande était plus maigre mais, en même temps, le goût était plus fort. Emma ne fabriquait pas non plus de boudin. Elle n'en avait jamais fait. Depuis qu'elle était toute seule, elle n'avait plus trempé la main dans le sang chaud. Elle le laissait s'écouler dans la terre, exactement comme le Barbu le lui avait enseigné.

Le lendemain matin, le soleil brillait. Après cette étrange nuit pleine de rêves et d'interprétations, Emma eut tout à coup l'impression d'être la sœur de la terre chaude et parfumée, comme elle l'était de la vache, de la crème ou de la pâture. Tout ce qui l'entourait était féminin :

« Bonjour Lumière ! Comment va-tu, ma vieille ? En forme aujourd'hui, n'est-ce pas ? »

Emma rit.

Assise dans la véranda, Max gravait un morceau de bois. Maintenant, elle se sentait de taille à l'aborder.

« Il fait beau, non ? »

Il ne répondit pas.

« Qu'est-ce que tu es en train de faire ? continua-t-elle. Ce n'est pas mal.

— Rien », répondit-il.

Que se passait-il à nouveau ? À peine s'était-on réconcilié avec le monde que les hommes se mettaient à geindre. Ils faisaient la tête et pas une femme n'était en mesure de comprendre pourquoi. Alors, Max fit une proposition inattendue qui stupéfia Emma :

« Cela t'ennuierait d'allumer le sauna ? J'aimerais bien faire une séance. De plein gré cette fois. »

Emma était soulagée. Il reparlait.

« Oui, bien sûr. Volontiers. »

Elle hésita avant d'ajouter :

« Dis-moi, tu te sens bien ?

— Ça va.
— Il vaut mieux ne pas aller au sauna quand on est malade.
— Je ne suis pas malade.
— Bon. Je vais le mettre en marche alors. Pas de problème. »

Et Max de dire, sans la regarder :

« Dans ce cas, je vais étaler mes couettes dans la véranda. Comme ça, après, on pourra s'allonger dessus et se reposer. »

Emma avait déjà fait quelques pas vers les bûches et le petit bois quand il lui cria :

« Tu viens avec moi, n'est-ce pas ? »

Tout à coup, elle fut nerveuse. Ensemble ?

Elle se retourna. Il la regardait et s'exclama :

« Eh bien ! oui. Qu'est-ce que cela peut faire ?
— Euh !... oui, répéta Emma d'un ton hésitant. Qu'est-ce que ça peut faire ? »

Très vite, le sauna avait atteint une température de quatre-vingt-dix degrés. Emma s'était enveloppée dans un énorme drap en lin, mais lui, qu'est-ce qui lui prenait ? Il était assis sur la planche du bas, tout nu. Très beau, et plus mince que lors de la première nuit. Il montrait tout, sans la moindre pudeur. Avant, il n'était pas comme ça. Emma écarquilla les yeux. Tout à coup, cet homme était devenu un autre.

Il parlait et parlait... Elle n'écoutait même pas exactement ce qu'il racontait. Il était question d'autos et de tractions arrière. En même temps, il lui posa la main sur le genou, incidemment, et l'y laissa pendant toute une phrase. Emma suait au-dehors et au-dedans d'elle-même !

Très vite, il eut trop chaud et voulut se rafraîchir. Elle aurait aimé rester à l'intérieur, le temps de se calmer, pour aller toute seule se tremper dans la rivière. Mais Max la prit par la main !

« Viens, Emma. Allons dans l'eau. »

Elle serra son drap contre elle. Mon Dieu, qu'est-ce qu'elle devait faire, maintenant ? Elle n'avait encore jamais été aussi mal à l'aise. Était-ce à cause de la nuit précédente ? Ou à cause de lui, qui était comme ça tout à coup ?

Il remarqua qu'elle se raidissait.

« Allez, viens. Tu n'as pas honte, quand même ?
— Moi ? Non. Pourquoi ?
— Parce qu'il ne faut vraiment pas être gênée. »

Il lui lâcha la main, descendit sur la petite rive glissante, se rafraîchit les bras et les jambes et plongea. Elle était toujours là, enveloppée dans son drap.

« Viens ! »

Il voulait voir si elle était une femme ?

Il ne lui restait plus qu'à laisser choir le drap dans l'herbe. Elle avait peur de n'être pas assez belle. Elle sauta très vite dans l'eau, s'y avança jusqu'au cou et se sentit à nouveau en sécurité.

Max s'approcha avec lenteur. Il lui souriait. Il s'arrêta devant elle, lui prit la main et y déposa un baiser, un vrai cette fois. Elle sentit ses douces lèvres contre sa peau, elle était une femme, une vraie femme. Tout en elle était à l'unisson. Et il y avait là un homme nu qui l'embrassait.

L'eau était froide, mais ils ne semblaient s'en rendre compte ni l'un ni l'autre. Il fit le plus charmant des sourires et mentit :

« Si j'avais de l'argent, je m'en irais avec toi au bout du monde. »

La poitrine d'Emma se durcit dans l'eau froide. Il baissa le regard, posa la main sur son sein droit et la referma. Il n'eut pas besoin d'en faire plus, il avait déjà atteint son but :

« J'ai de l'argent, avoua-t-elle avec soumission.

— Ah ! oui ? s'étonna-t-il de façon hypocrite.

— Oui. J'ai... Je dois te... »

Il posa ses doigts sur ses lèvres.

« Ce n'est pas important pour le moment. Tu me le diras plus tard, d'accord ? »

Emma hocha la tête. Elle était tombée dans ses bras. Elle fondait dans ses mains. Ses seins tremblaient. Il la caressait et l'embrassait sur la joue avec douceur.

Ils sortirent de l'eau, se séchèrent avec le drap en lin et s'allongèrent côte à côte dans la véranda. Ils s'enfouirent sous les couettes dans lesquelles Max avait dormi.

Bon alors, Max. Ça suffit maintenant. C'était quoi, cette histoire d'argent ? Tu voulais faire le malin pour une fois ? Ça ne t'intéresse pas, le pognon, pas vrai ?

Emma se tourna vers lui. Sa poitrine se bomba dans sa direction. Ronde. Tout chez elle était rond. Ses épaules, ses hanches, ses seins. Et elle était sous la même couette que lui. Alors il eut à l'esprit une image, cette connerie de cocotte-minute qu'il avait vue pendant l'accident. La pression était intense, la soupape faisait un bruit infernal... Attention, ça brûle !

Il palpa son ventre, qui était très doux. Emma passa ses jambes autour des siennes. Il fut pris d'un frisson d'excitation, un frisson rouge et brûlant. À cette température, tous ses *Et si jamais*... disparaissaient comme neige au soleil. Quelle force elle avait ! Et comme elle était belle ! Quelle confiance il y avait dans ses yeux... Avec mille précautions, elle retira la cocotte-minute de la gazinière. La pression baissa, tout allait bien. Max l'embrassa enfin ! À ce moment-là, ses douleurs eurent la délicatesse de se retirer.

Emma poussa un soupir. Ses rêves de chair fraîche, de lèvres tendres et de salive sucrée étaient devenus réalité. Elle lui léchait la bouche comme une petite louve avide. Il était désemparé. Max grandit. Son corps devint plus fort. Maintenant, il arrivait à prendre sa langue entre ses dents et à mieux l'embrasser – à l'embrasser tout grand. Elle était dans sa bouche, confiante, et elle s'y roulait avec délice.

En l'espace de quelques secondes, il sentit les ongles de ses orteils se changer en serres. Des plumes poussaient sur ses mains et ses bras qui se métamorphosaient. Un bec dangereusement courbe et aussi tranchant qu'un couteau avait poussé au milieu de son visage. Ses yeux brillaient d'une fièvre carnassière. Il saisit sa proie et s'éleva dans les airs, testant l'extraordinaire amplitude de ses membres. Il monta à tire-d'aile, décrivit des cercles au-dessus de la ferme et des toits du village, emportant Emma avec lui. Max vola au-dessus des cimes des arbres, atteignit les rochers froids et jeta sa victime dans son nid immense. Là, il la déchira et la déchiqueta vivante. Il l'avala morceau par morceau. La chair en était excellente et très comestible. Elle ressortait par ses pores et lui donnait une vie nouvelle, l'attendrissant à nouveau. Sous l'effet des caresses et des doux baisers, l'aigle s'allongea sur le dos et offrit son côté le plus vulnérable. Son bec crochu se rétrécit, il s'abandonna tout entier.

Emma était assise sur lui, plus forte que lui, et elle l'accueillit en elle. Une chaleur envahit son ventre qui se remplissait, comme si elle mangeait des gaufres tout juste sorties du moule, avec de la crème chantilly. Même une centaine de têtes-de-nègre n'étaient rien en comparaison. Du *Weckewerk* non plus.

« Cette histoire d'argent...
— Cela m'est égal.
— Je l'ai pris.
— Je sais. Mais cela aussi, ça m'est égal. »

Dans la paille, il s'en moquait encore – même la chouette ne lui faisait plus peur. Dans le froid de l'arrière-cuisine, aussi. Dans le sauna encore tiède, dans la véranda en pleine nuit, même au lit, il s'en moquait toujours.

Emma lui raconta l'histoire des moineaux que son grand-père écrasait contre le mur. Il y avait enfin quelqu'un d'autre, quelqu'un qui n'avait pas grandi à la ferme, qui l'écoutait et qui maudissait le vieux.

« Mais tu n'es pas un moineau, Emma. Toi, tu vis, et lui, il est mort. »

Quelqu'un. Pas en rêve, pas dans son imagination. Quelqu'un de réel, en chair et en os, avec des cheveux, de la sueur, un souffle, de la chaleur. Emma avait l'impression d'une symbiose. Auparavant, elle était si seule que chacune des paroles qu'elle adressait aux animaux ou aux plantes lui brûlait la gorge. Et voilà qu'elle était allongée dans la paille et que Max la tenait dans ses bras. Elle papotait sans pouvoir s'arrêter. Elle parla par exemple avec entrain de deux grosses vaches qui rentraient à pied au village après une dure journée de labeur. C'était une vieille histoire qu'on avait déjà répétée des milliers de fois dans la région. Jusqu'à présent, Emma avait toujours écouté. Maintenant, c'était enfin elle qui racontait.

L'une est une petite grosse toute joyeuse, l'autre une fort grosse toute joyeuse. Alors qu'elles rentrent par le chemin, la grande suggère de prendre un raccourci. La petite hésite, car dans la prairie, sous un grand hêtre au sommet d'une hauteur, il y a un taureau qui gratte la terre avec ses sabots.

« Et si jamais il s'approche ? demande-t-elle apeurée en désignant l'animal.

— Mais non, il ne va pas venir ! répond l'autre en soulevant le barbelé et en se faufilant à travers la clôture.

La petite grosse la suit. Le taureau ne les quitte pas des yeux. Il lève et baisse sans cesse son sabot droit.

« Mon Dieu, dit la petite, j'ai quand même peur.

— Ne crains rien, je suis là ! »

Mais la trouillarde continue.

« Viens, supplie-t-elle, retournons derrière la clôture.

— Il ne va rien te faire ! N'aie aucun souci. »

Soudain, le taureau remue son corps puissant, se balançant d'avant en arrière.

« Non ! » s'exclame la petite un tout petit peu trop fort.

Alors, l'animal se met en branle. Il marche tout d'abord à pas lents à travers la prairie, puis court de plus en plus vite en direction des deux femmes. À ce moment-là, même la grande a la trouille. La petite voit déjà en pensée les cornes pointues la transpercer et elle crie. Elle s'élance aussi vite que son petit corps lourd le permet et elle hurle :

« Viens, vite ! Le taureau arrive. Viens ! »

Mais la grande de lui répondre :

« Tu crois peut-être que je vais courir à cause d'un taureau ? Je préfère encore avoir un petit veau qu'un infarctus ! »

Emma et Max rirent de bon cœur de cette plaisanterie et il la tira à lui en l'appelant sa petite vache.

Soudain, Emma redevint sérieuse et redressa la tête :

« Cette histoire d'argent...
— Emma !
— Hans dit qu'il n'en a plus besoin.
— Ça m'est égal. »

Emma reposa la tête sur la poitrine de Max, enfouit son nez dans le pli de son bras et inspira profondément l'odeur de sa peau.

Max et Emma jouissaient de chaque instant. Toutes les minutes qu'ils partageaient étaient aussi tendres, aussi précieuses les unes que les autres : manger, dormir, s'aimer, se taire, parler, regarder le ciel, parler, se taire, s'aimer, dormir, manger.

« Dis-moi, Emma. Tu aimes le coq au vin ?
— C'est quelque chose de cochon ?
— Non, répondit-il en riant. C'est du poulet cuit dans du vin.
— Ah, quelque chose à manger ! Oui, j'aime bien le poulet, mais je le fais cuire à l'eau. Ici, on ne fait pas la cuisine au vin.

— Tu veux goûter ?

— Oui, bien sûr. Je vais acheter ce qu'il faut. De quoi as-tu besoin ?

— D'une poule et de vin. »

Pour la deuxième fois de sa vie, Emma se rendit en ville. Elle emporta un énorme jambon et une cinquantaine de saucissons. Pas ceux avec les dollars, mais ceux qui étaient assez secs pour être vendus.

Elle gara son tracteur devant un magasin d'électroménager et entra avec ses victuailles. Après bien des négociations et force marchandage, elle troqua le tout contre une chaîne Hi-fi d'occasion et trois CD de Händel. Elle obtint même un peu d'argent liquide pour acheter du vin.

De retour à la ferme, elle s'occupa de la volaille. Max était assis au milieu du jardin quand il entendit des cris de poule et des battements d'ailes. Trop tard. Qu'est-ce qu'il avait fait ?

Emma avait déjà saisi l'une de ses bêtes par les pattes et la tenait tête en bas. Devant le billot, elle leva la petite hache qu'elle serrait dans la main droite et frappa sur le crâne avec le côté non tranchant. La poule perdit connaissance.

Le hurlement que Max voulait pousser lui resta coincé en travers de la gorge. Il n'était même plus capable de bouger. Ce n'était pas cela qu'il voulait ! Emma posa le cou de l'animal sur le morceau de bois et le trancha en une fois, d'un geste parfaitement maîtrisé. La tête roula par terre.

Alors, Max vit avec effroi la poule qui cherchait à s'enfuir. L'animal décapité se débattait si fort que

Emma le lâcha. Il courut dans la fange en direction de Max, semblant lui demander :

« Pourquoi m'as-tu fait cela ? Pourquoi justement du coq au vin ? »

Enfin, il cessa de trembler et son corps s'abattit dans la poussière.

Max s'approcha d'Emma à grandes enjambées, en levant les pieds, comme le faisait d'habitude le coq.

« Qu'est-ce que tu fais... ? Qui t'as donc... ? Mais c'est abominable. Je ne veux pas être mêlé à cela, mais alors pas du tout, tu m'entends. Je suis innocent, MOI.

— Ben, tu voulais une poule, non ?

— Mon Dieu !

— Tu voulais la cuire avec la tête ?

— Mais non, ce n'est pas ça. Je veux une vraie poule, une poule du marché. Ou mieux encore : une poule congelée, sous cellophane. »

Les mains couvertes de sang posées sur les hanches, Emma s'approcha de lui :

« Et comment tu crois qu'elle arrive là, ta poule. Au marché ou dans le bac frigorifique. Elle se suicide ?

— Non, mais il n'y a pas besoin que ce soit aussi sanglant... »

Max avait depuis longtemps compris qu'elle avait raison. Il fallait bien que l'abominable se produisît pour qu'ensuite on puisse faire un délicieux coq au vin.

« Tu sais, je n'ai pas l'habitude. D'abord ces gentilles petites bêtes, et puis après... »

Il passa l'arête de la main devant sa gorge, comme s'il la tranchait.

« Crac ! Plus de tête, plus de cou. Le ventre ouvert, les entrailles qui sortent. C'est affreux.

— C'est comme ça, répondit Emma de manière laconique. Tout morceau de viande a un jour été vivant. Celui qui veut en manger doit accepter l'idée de la mort. Celui qui ne peut pas n'a qu'à s'abstenir. On fera à nouveau de la ratatouille... »

Mais Max voulait son coq au vin. C'est pourquoi il observa plein de courage la suite des événements. Emma tenait la volaille par les pattes et la plongea dans l'eau bouillante. La peau se ramollit. Une puanteur terrible s'en dégageait. Alors, Emma commença à plumer l'animal.

Max aussi essaya de le faire : il voulait voir si les plumes étaient bien enfoncées. Il en tira une ou deux, du bout des doigts, et y renonça. Il éprouvait trop de dégoût.

Une fois que cela fut terminé, Emma passa la poule sous l'eau et la posa sur la table. Elle lui ouvrit le ventre, introduisit sa main à l'intérieur et en sortit les viscères. Le cœur était tout petit, le foie encore plus ridicule et la bile verte.

« Et où il est, le pancréas ? demanda Max.

— Toi et tes histoires de pancréas ! répondit-elle en riant. C'est bien trop petit. Je ne l'ai jamais vu chez une poule. »

À l'intérieur, il y avait encore des œufs. Pas seulement un, mais vraiment beaucoup. Un gros attendait au bord de l'anus, entouré d'une pellicule translucide. Il ne manquait que la coquille. Derrière, il y en avait un autre, avec la pellicule et le jaune, mais il manquait le blanc. Celui d'après ne contenait qu'un petit jaune d'œuf et le suivant un encore plus petit. Ils étaient déjà tous prêts et ne demandaient qu'à grandir. Pour la première fois de sa vie, Max voyait l'histoire du développement d'un œuf.

La poule ressemblait enfin à celles du marché. Max put se mettre au travail. Son coq au vin fut *sehr gut*.

Dans l'intervalle, Emma avait déballé son lecteur-CD et mis Händel avec fierté. Max était ravi.

Plus tard, ils s'assirent l'un à côté de l'autre sur une grosse branche du grand châtaignier qui se dressait dans la cour et ils balancèrent leurs jambes. Les fruits verts et piquants, déjà bien mûrs, pendaient dans le feuillage et attendaient la venue de l'automne. Qui tomberait en premier, les châtaignes ou bien lui ? Max était soulagé d'entendre Emma papoter avec insouciance.

« Quand j'étais enfant, disait-elle, je venais tous les jours m'asseoir ici pour observer les poules. Chacune d'elles a une place bien précise. Ce n'est pas elles qui décident. Cela dépend du nombre de fois que le coq les saillit. Celle qu'il sert le plus souvent a droit à la meilleure nourriture. Elle passe en premier à la mangeoire et à l'eau fraîche. »

Max était fasciné par ce qu'elle racontait. Emma désigna l'une des poules :

« Celle-ci, c'est la plus haute pondeuse de l'État. Tu la reconnais à son superbe plumage. Elle mange bien, elle est fière et, du coup, elle marche très droite. Et puis tu le repères à l'endroit dégarni qu'elle a dans la nuque. Le coq s'y accroche avec son bec pour se maintenir en équilibre quand il la couvre. Du coup, il lui arrache des plumes. Plus il lui grimpe dessus, moins il y en a. Seul le coq peut l'élever dans la hiérarchie. Alors elle pond gaiement. Parfois, elle fait presque deux œufs par jour. La petite malheureuse ne ressemble pas du tout à cela. Son plumage est terne et clairsemé, il y a presque des trous. Mais dans la nuque, elle a toutes ses plumes. Tu vois ? Celle-là. »

Max la vit en effet.

« Une poule dans ce genre est stressée, frustrée. C'est pourquoi elle ne pond presque pas. Le coq la décrète tout juste bonne à finir dans la soupe. C'est lui qui la condamne, pas moi. »

Dès lors, Max passa des heures et même des journées sur l'arbre, à observer la basse-cour en silence. La première poule de l'État avait une démarche fière, souple et sûre. Elle se hérissait et faisait l'importante, surtout juste après l'acte sexuel.

Quand elle se ramenait avec ses airs guindés, la maigrichonne avait intérêt à dégager en vitesse et à lui céder le vermisseau. Au milieu, les poules se rangeaient en général du côté de la plus forte. Celle qui prenait la défense de la faible se marginalisait, on la dégradait.

Un jour, la deuxième poule de l'État eut l'audace de provoquer la première. Cette demoiselle s'approcha du coq en se pavanant et s'offrit à lui sans vergogne, la salope. Lui n'avait même plus besoin de faire le tour. Il profita de l'occasion, et même plusieurs fois dans la journée. La vieille était évincée et souffrait le martyre. Le coq n'avait tout simplement plus la force de satisfaire les deux femelles en même temps. Les autres remarquèrent cela très vite. Elles commencèrent à snober leur reine, et pour terminer elles la repoussèrent même de la mangeoire et des auges. La poule pondeuse se voyait maintenant chassée à coups de bec par sa propre suite. En l'espace d'une seule semaine, elle était finie. Quelques rares fidèles tombèrent en même temps qu'elle. Celles au contraire qui se montraient dévouées envers la nouvelle favorite gravirent les échelons en même temps que cette pute qui était désormais reine de la basse-cour.

Tant que dura ce duel, pas une poule ne pondit. Il fallut attendre que cette question d'étiquette fût réglée pour que le train-train quotidien se réinstalle et que la paix revienne.

Bientôt, en bon fermier, Max sut quelle poule se prêterait le mieux au prochain coq au vin.

Emma, elle, avait depuis longtemps noté que les hommes ressemblent aux gallinacés. Elle dit en blaguant :

« La grosse femme du boulanger à la nuque dégarnie est à nouveau enceinte ! Emma, la vieille fille maigrichonne, au contraire, elle est bonne pour la soupe. Juste pour la soupe...

— Et alors, ma petite poule ? rétorqua Max dans un cocorico en s'approchant d'elle et en lui mordillant la nuque avec tendresse. Tu préfères que je te fasse cuire ou que je te comble comme une grosse pondeuse ?

— Oh oui ! gloussa-t-elle en retour. Arrache-moi des plumes... »

Il ne se le fit pas dire deux fois et passa à l'action, avec plus de douceur et de savoir-faire qu'un coq néanmoins.

Plus tard, alors qu'ils se reposaient l'un à côté de l'autre, Max tendit l'oreille. C'était la première fois de sa vie qu'il entendait le silence. Rien d'autre que le silence. Surpris, il remarqua que par le passé il y avait toujours eu un bruit de fond : le hurlement d'une sirène, un orage, des marteaux-pilons, des pleurs, un train à grande vitesse, un avion qui atterrissait, des cris provenant d'un stade de foot. Ou tout cela en même temps.

Il n'avait jamais pris conscience de l'effort que cela représentait pour lui de supporter, d'endurer, de distinguer tous ces bruits. Il n'y avait que maintenant qu'il comprenait combien ce brouhaha l'avait oppressé, secoué. Il avait fêté Noël quarante fois, mais il n'avait jamais vraiment connu de douce nuit.

Emma était blottie dans ses bras, trempée de sueur et satisfaite. Une odeur unique flottait dans l'air. Légère et lourde à la fois. Le silence régnait. Il inspira une grande bouffée et son visage s'illumina.

« Qu'est-ce qu'il y a ? » l'interrogea-t-elle.

Il la regarda en souriant et dit :

« Le bonheur. Tout simplement le bonheur !

— Ah !... », soupira-t-elle en lui caressant le visage.

Il désigna de petites taches rouges et bleues sur sa peau et lui demanda :

« C'est moi qui ai fait cela ? »

Emma secoua la tête.

« Non, c'est un érysipèle. On voit ça chez les bouchers, les cuistots, les marchands de gibier. C'est une maladie professionnelle. Transmise par les cochons.

— Ça fait mal ?

— Non, ça démange et ça brûle un peu.

— Et c'est grave ?

— Non, ce n'est pas grave. Et ce n'est pas contagieux non plus, je crois. »

Elle hésita un instant, puis elle poursuivit :

« Max ?

— Oui ? »

Elle se mit en position assise, lui prit la main et demanda :

« Qu'est-ce tu as ?

— Comment, qu'est-ce que j'ai ?

— Tu as quelque chose, pas vrai ? Tu es malade. »

Il nia d'un mouvement de tête.

« Tu as tellement maigri. Je sens tes os.

— J'ai toujours été mince. Ne te fais pas de souci. »

Max secoua juste la tête et se tut.

Mais Emma savait à quoi s'en tenir. Elle avait appris à reconnaître chez ses bêtes le moindre symptôme. On les guérissait vite ou jamais. Les cochons se contaminaient les uns les autres. C'est aussi pour cela qu'elle devait faire attention. Dans les cas extrêmes, on pouvait être amené à tuer un porc avant qu'il ne meure de maladie. Au moins, on préservait la viande.

Elle avait observé Max : il était constipé, puis après il avait la diarrhée. Il avait les jambes gonflées. Il avait des flatulences. Le fond de l'œil était jaune. Emma avait remarqué que son foie ne marchait presque plus. Pourtant, il buvait peu d'alcool. Il y avait donc autre chose. Quelque chose de plus grave. Quand elle lui touchait le ventre, cela lui faisait mal. Il mangeait peu. Tout ce qui était gras, la charcuterie ou le beurre, le dégoûtait. Il n'arrivait sans doute pas à le digérer.

Pourtant, il croyait toujours devoir lui jouer la comédie. Elle le laissa faire. Il était à elle et elle jouissait de chaque jour qu'ils partageaient. Emma avait ce don rare de laisser les autres en paix, de respecter leur volonté.

Max était allongé dans la chambre d'Emma. La fenêtre était ouverte. Dehors, le soleil d'automne enflammait les feuilles du châtaignier. Des mouches dansaient au-dessus du lit. C'était la première chose qu'il avait vue en ouvrant les yeux, à l'époque, après l'accident. Les insectes cherchaient toujours à s'attraper. Mais entre-temps, en l'espace de quelques semaines, il s'était produit dans son existence quelque chose qui valait la peine de vivre. Quel bonheur qu'il ait survécu à cet accident !

« Pourquoi les mouches jouent-elles à ce jeu ? voulut-il savoir.

— Moi aussi, j'aime bien les regarder quand elles font cela. Peut-être que c'est juste pour s'amuser ? Je ne sais pas.

— Il faut encore absolument qu'on joue à s'attraper, nous deux », dit-il avant de se taire.

Prolonger, pensa-t-il, tout prolonger à l'infini, bien qu'il sût que c'était impossible.

Le coq avait cessé de parler. Dans le poste, le présentateur du matin ne faisait plus que présenter. Le corbeau avait disparu. La mobylette ne servait plus à rien.

Le hachoir était nettoyé tant bien que mal, la machine à saucisses se coinçait, le baquet fuyait, les couteaux ne coupaient plus bien. Que faisait donc Flachsmeier ? Dans sa jeunesse, il avait eu une fiancée italienne, Laura. Il voulait l'épouser, mais au cours d'une randonnée elle était tombée dans un ravin. Entraînée dans la mort, par un beau matin du mois de mai, après le petit déjeuner !

Emma aiguisa elle-même les couteaux, mais elle le fit sans entrain, sans aucune joie. Voilà des jours que Max se réfugiait dans la porcherie et s'occupait des animaux. Il aimait surtout le cochon avec des taches noires dans le dos.

Or aujourd'hui, c'était son tour.

« Tu veux rire ? gémit Max. Il est si mignon ! Comment peux-tu faire ça ?

— Comment ? Comment ? Avec mon couteau bien sûr ! »

C'était justement le cochon avec lequel il était allé à la palissade. La bête s'était grattée contre les planches avec délectation. Elle avait frotté son dos de haut en bas à maintes reprises tout en le regardant. En roulant les yeux de plaisir.

« Un cochon si mignon. Il aime tant la vie. Prends-en un autre !

— Bon, répondit Emma. Alors, j'en prends un autre. »

Elle attrapa celui qui avait un pli à l'oreille. Ça n'était pas le bon non plus, car une fois Max se trouvait au bord de la rivière quand l'animal s'y était vautré, mais alors, il fallait voir comment ! Il s'était roulé, retourné, renversé dans la fange sur la rive avec une jouissance incroyable. Plus tard, entre deux passages dans le sauna, Max s'était lui-même aventuré dans la boue molle et s'en était enduit les chevilles. Dedans, il y avait des petits grains de sable qui lui massaient la peau. Au départ, il n'avait pas osé aller plus haut que les genoux, mais ensuite il s'était recouvert tout le corps de cette substance douce et chaude. Il avait ri de lui-même, ri à gorge déployée. Emma lui avait lancé :

« Espèce de cochon, va ! »

Le porc avait fait sécher au soleil la boue qu'il avait sur le corps. Max, lui, s'était lavé dans la rivière. Mais après toutes ces cochonneries, ils étaient comme deux frères, et en plus, ils étaient propres et frais.

« Pourquoi prends-tu celui qui a un pli à l'oreille ? C'est juste parce que je l'aime, n'est-ce pas ?

— Les cochons, c'est mon gagne-pain, je te rappelle, expliqua-t-elle sur un ton de défi.

— Eh bien ! tu n'as qu'à faire autre chose. Tu n'as qu'à... Tu n'as qu'à...

— Oui, je t'écoute. Je n'ai qu'à faire quoi... ?

— Tu n'as qu'à... faire du crochet ! Tu n'as qu'à faire des napperons, comme les autres femmes.

— Du crochet ? » hurla Emma, horrifiée.

Elle tenait vaillamment son couteau dans la main et attira dans la cour, en dessous du palan, le cochon aux taches noires dans le dos. Celui-ci la suivit sans rechigner.

« N'y va pas ! N'y va pas ! » le suppliait Max.

Mais l'imbécile ne l'écoutait pas. Alors, il s'en prit à Emma :

« Tu abuses de la confiance qu'ils t'accordent ! »

Elle ne se laissa pas perturber. Elle s'obstina, c'était une vraie fermière. Max, lui, s'enfuit dans les champs.

Emma devait bien travailler pour continuer de gagner sa vie, pour les nourrir tous les deux. C'est pourquoi elle agit comme d'habitude. Elle caressa l'animal et lui raconta des histoires. Elle déploya des efforts surhumains, mais quelque chose avait changé. Elle n'arrivait même plus à lever le couteau.

Elle laissa partir le cochon. Celui-ci retourna gaiement dans le pré et s'allongea dans la bauge.

Max trouva Emma couchée dans la paille. Elle semblait oppressée. Il la prit dans ses bras et lui demanda pardon.

« C'est toi qui as raison », dit-elle.

Elle savait qu'elle ne pouvait plus faire ce métier.

« Qu'on fasse venir la vieille truie à la barre ! » ordonna le juge.

Pour souligner son injonction, il tapa trois fois sur la table avec son marteau en bois. Sous l'effet de ce mouvement énergique, un nuage de poudre blanche s'éleva de l'antique perruque de l'honorable magistrat. L'huissier bossu ouvrit la lourde porte qui donnait sur le couloir et la vieille entra dans la salle du tribunal en trottinant, vacillant sur ses pattes écartées. Elle tourna en direction du public qui murmurait ses petits yeux perdus dans des coussinets de graisse. Il n'y avait que des bouffeurs de viande parmi ceux qui la zyeutaient. Elle ne connaissait personne ici.

Avec bien du mal, elle s'avança vers le centre. Son ventre énorme traînait sur le plancher plein de fissures. Ses mamelles pendouillaient, vides et inutiles. L'une d'entre elles était enflammée et gonflée. Dès qu'elle effleurait le sol, la truie tressaillait de douleur. Alors, les quelques poils qui lui restaient tremblaient sur son gros corps dodu.

Elle était maintenant arrivée au niveau de l'accusée, qui se tenait tête baissée. La vieille truie s'arrêta, se tourna vers elle avec lenteur et chercha à capter son regard. Mais la pauvre enfouit son visage dans ses mains. Des larmes lui coulaient entre les doigts.

La vieille bête lui adressa un grognement affectueux. Puis elle continua d'avancer vers le juge en haletant.

« ... rien que la vérité ?

— Je le jure », affirma la truie dans un souffle asthmatique.

Elle ajouta :

« Puis-je refuser de faire une déposition ?

— Vous n'en avez pas le droit, chère madame. »

Il y avait dans la voix du juge une légère outrecuidance.

« À moins que vous m'assuriez de manière crédible que vous n'avez... – il hésita et ricana avec méchanceté – aucun lien de parenté avec l'accusée. »

Quelle absurdité ! Un brouhaha s'éleva dans la salle. De son marteau assourdissant, le juge rappela les carnivores à l'ordre, quoiqu'il fût seul responsable de cette agitation. Ce juge – la truie l'avait aussitôt compris – n'était pas équitable.

Et ce marteau était trop bruyant pour les oreilles de l'animal. Le public obéit à l'injonction, le silence se fit, mais les coups violents continuaient de percer les tympans de la bête et de résonner dans son cerveau. Un porc ne peut pas faire le sourd. Un son trop aigu ou trop dur, un bruit fort et soudain, la moindre vibration de l'air le blesse et le rend fou.

L'accusée en avait conscience, elle connaissait bien la truie. Remplie de pitié, elle leva enfin le regard, sachant pourquoi la vieille faisait une grimace. Mais le juge, lui, ne comprenait rien.

« Quel rapport entretenez-vous avec l'accusée ?

— Nous étions très proches. »

La truie parlait à voix basse, implorante.

« Qu'est-ce que cela veut dire, proches ?

— Que nous tenions l'une à l'autre.

— Qu'est-ce que cela veut dire ?

— Que nous nous sommes beaucoup frottées.

— Frottées avec quoi ? »

La truie considéra le juge avec attention. Il le faisait exprès, de ne rien comprendre ?

« Frottées avec le dos, le côté, le ventre. Ça dépend comment on était allongées. »

À nouveau, l'assistance se mit à hurler. À nouveau, les coups du marteau en bois lui pénétrèrent dans le cerveau.

Des ennemis ! pensa la truie. C'étaient ceux qui gueulaient et qui frappaient, ses pires ennemis. C'étaient eux qui auraient dû se trouver sur le banc des accusés.

Dès lors, la bête cessa de pousser des grognements. Elle ne répondit plus à aucune question. Elle refusait tout bonnement de faire une déposition.

Le juge la menaça de la jeter en prison si elle ne finissait pas par faire un compte rendu raisonnable et circonstancié.

Mais elle campa sur ses positions. Alors le magistrat ordonna aux huissiers de l'emmener. Les hommes passèrent une corde sale au cou de la grosse truie, l'étranglèrent, la traînèrent derrière eux. Ils voulaient la faire sortir de la salle pour la conduire au cachot. La truie raidit les pattes avant comme un âne qui se rebiffe. Elle couinait de peur. Les hommes tiraient sur la corde, ils étaient forts comme des bêtes de somme.

Ce spectacle était insupportable à l'accusée. Avec la langue, elle produisit un claquement sourd et familier. Personne ne put l'entendre dans ce vacarme. Sauf la truie, qui dirigea les yeux vers elle. L'accusée lui fit un signe de la tête.

À ce moment-là, la truie s'écria avec l'énergie du désespoir :

« Je vais parler ! Je vais parler ! »

Le juge donna l'ordre qu'on la ramène au centre de la salle, mais on devait lui laisser la corde au cou. Un huissier se posta à côté d'elle pour l'empêcher de s'enfuir.

La bête fit alors sa déclaration :

« À l'époque, j'avais huit petits. Pas un seul mort-né. Tous étaient réussis et avaient de l'embonpoint. Une semaine après leur naissance, un neuvième arriva dans mon box. Tombé du ciel par la trappe où passait d'habitude la paille. Tout simplement tombé ! Il était froid et il gémissait. Je me suis encore dit : nom de Dieu, mange-le ! Piétine-le ! Qu'est-ce que c'est que cet étranger ? Mais alors il m'a émue. Il s'est accroché à moi avec fermeté. Du coup, je me suis allongée et j'ai pensé : on va voir. Alors il s'est allongé aussi. Au milieu des huit autres. Il s'est blotti contre moi, d'un geste décidé et volontaire. Et il s'est réchauffé contre moi. »

Le juge se taisait. Les spectateurs se taisaient. Même le marteau se tut enfin.

« Vu ce qu'il avait froid, il aurait péri sinon. Après, il s'est attaqué à mes mamelles et il a même bu goulûment. Il avait encore plus faim que les autres ! »

À cet endroit de son récit, la truie sourit. Au souvenir du petit qui tétait, elle rayonnait comme toute mère fière de sa progéniture.

« Alors il est resté. Il prenait toujours la même mamelle. C'est celle... c'est celle qui maintenant... »

La truie s'interrompit. Elle voulait dire que c'était celle dont s'écoulait du pus et qui lui faisait mal. Mais une mère donne tout ! Une mère ne se plaint pas, tout de même ! Elle souffre en silence. C'est pourquoi elle s'arrêta au beau milieu de sa phrase et ravala la fin.

« Il n'était pas comme les autres. Il disparaissait la nuit et revenait le lendemain. Les huit autres engraissèrent, mais pas le neuvième. Il buvait plus qu'eux, mais il ne grossissait pas ! Je me disais qu'il allait mourir, un jour. Mais non, il resta en vie. Puis on m'enleva les autres. Chaque fois, je souffrais le martyre quand on me prenait mes petits. Cette fois-là, j'étais moins triste. J'eus à nouveau une portée et il téta avec les autres. Plus tard, il mangeait comme moi dans mon auge. Il ne grandit qu'un tout petit peu, il n'engraissa pas. On ne me l'enleva jamais non plus. C'étaient toujours les autres qui partaient. »

Le juge ne comprenait pas. Il fronça les sourcils et demanda :

« Qu'est-ce que ce goret qui est resté auprès de vous a à voir avec l'accusée ? »

La grosse truie inclina un peu la tête, regarda le magistrat d'un air ingénu et répondit :

« Comment ? Vous ne comprenez pas ? C'est elle, mon neuvième petit ! »

L'audience ne saisissait toujours pas le sens de ses

propos. Des murmures s'élevèrent dans les rangs du fond :

« Qu'est-ce qu'elle dit ? Qu'est-ce qu'elle a dit ? »

Le juge se pencha en avant, regarda l'animal droit dans les yeux et déclara avec sévérité :

« L'accusée n'est pas un porc, c'est un être humain.

— Et alors ? rétorqua la truie. C'est peut-être à cela qu'elle ressemble, mais c'est mon petit. C'est moi qui l'ai allaitée, nourrie, consolée, aimée et éduquée.

— Comme un petit cochon alors ?

— Comme un de mes enfants, en effet. »

La voix du juge se fit sarcastique :

« Et vous ne lui en voulez pas, à votre petit neuvième ?

— Moi ? Pourquoi devrais-je lui en vouloir ? Non.

— Elle est accusée de meurtre.

— C'est ridicule ! Qui est-elle censée avoir tué ?

— Elle a tué les petits que vous avez mis au monde. Elle est accusée de les avoir poignardés de ses propres mains – et avec préméditation, notez bien ! »

La truie hocha la tête de gauche à droite.

« Elle est même accusée d'avoir mangé leurs cadavres ! »

L'assistance était secouée de tremblements d'excitation à l'idée de ce scandale. Mais le juge n'avait pas encore fini :

« Elle a tranché la gorge à tous vos petits et vous restez de marbre ? »

La truie déclara :

« Mais c'était juste pour mettre fin en douceur et avec amour à leur vie. En plantant le couteau d'un geste sûr, elle n'a pas tué, mais parachevé ! »

À ce moment-là, le juge tendit le doigt comme une lance en direction de la truie :

« Donc elle leur a *bien* tranché la gorge ?
— Bien entendu.
— Avec un couteau ?
— Oui, avec un couteau très bien aiguisé. Elle faisait cela en douceur. Sans la moindre douleur.
— La preuve est faite ! s'écria le magistrat. Elle a bien assassiné. Nous avons la déposition. »

De nouveau, le marteau s'abattit avec force et fracas sur la table.

« L'accusée est reconnue coupable. »

Troublée, la truie chercha le regard de l'accusée. La corde l'empêchait de se tourner sur le côté.

« Au nom du peuple, je la condamne... »
Le public hurlait :
« Donnez-la à bouffer aux cochons !
— Le talion ! Le talion !
— Œil pour œil, dent pour dent ! »

Le juge continuait de frapper sur la table avec son marteau en bois, il n'arrêtait même plus. Alors la vieille truie perdit ses esprits. Elle se mit à brailler, s'élança, renversa tables et bancs. Le bois volait en éclats, les blessés saignaient, les huissiers accoururent et attachèrent la bête furieuse. Ils lui passèrent les chaînes et la tirèrent au-dehors. La truie couinait d'angoisse.

Emma se réveilla trempée de sueur. C'était comme si elle avait ouvert une porte qui donnait sur une nouvelle pièce. Comme si ce qu'elle avait oublié, ce qu'elle avait toujours eu sur le bout de la langue, mais qui n'avait jamais réussi à sortir, lui était enfin revenu.

C'était si terrible, cela déclenchait en elle tant d'effroi et en même temps tant de bonheur dans le petit matin qu'elle était contente de ne pas être seule. Contente qu'il fût à ses côtés. Elle se serra contre Max qui dormait encore. Elle se blottit contre son dos, lui caressa la poitrine où il avait aussi de petits poils, des poils d'homme. Rassurée, Emma put à nouveau faire défiler les images de son rêve.

Max se réveilla.

« Qu'as-tu ? demanda-t-il. Tu n'arrives pas à dormir ?

— J'ai fait un rêve.

— Un mauvais ?

— Non. Je ne sais pas encore.

— Raconte. Je t'écoute.

— Un jour, enfant, je suis tombée dans la porcherie. J'étais encore toute petite, je marchais à peine. Comme toi il n'y a pas longtemps, je suis tombée dans le box de la truie par la trappe du grenier. Elle venait de mettre bas. Les bêtes sont dangereuses à ce moment-là car elles sont à bout de force à cause de leurs petits. Elles sont imprévisibles.

— C'est de cela que tu as rêvé ?

— Oui. Ou plutôt non. Cela s'est vraiment passé. Je m'en souviens. Je suis tombée à travers la trappe. Mais ce que j'avais oublié, c'est que personne ne s'est demandé où je pouvais bien être. Personne ne m'a cherchée. »

Emma secouait la tête. Maintenant, elle se souvenait de tout. Elle s'était même allongée contre la truie au milieu des petits cochons.

Elle regarda Max d'un air ahuri :

« J'ai tété ses mamelles ! N'est-ce pas affreux ? »

Max n'y voyait rien de grave :

« Il y en a bien qui boivent du lait de jument, qui mangent des cuisses de grenouille, des escargots gluants ou des huîtres vivantes ! »

Emma avait caressé du bout des doigts les joues et le front de la truie. La bête énorme avait posé sa tête contre celle de l'enfant, et de sa langue rugueuse et raide elle avait léché le visage de la petite. Voilà ce qui était arrivé et ce fut merveilleux.

Cela ne s'était pas passé qu'une fois. Pas seulement lorsqu'elle était tombée en criant dans le box de la truie, mais pendant très, très longtemps. Toutes les fois qu'elle pleurait, la truie lui léchait les larmes.

Collée contre le dos de Max, Emma se rappelait. Elle n'avait jamais eu d'autre consolation. C'était tant et en même temps si peu. Dès qu'elle devait prendre la fuite, dès qu'elle devait pleurer, elle trouvait refuge auprès de la truie, dans la porcherie.

Emma pleurait parce qu'on la frappait. Au visage, à la tête, avec une cuillère en bois, avec un cintre, sur l'épaule, dans le dos, à cul nu. Jusqu'à ce que la cuillère casse. Que la peau soit toute rouge.

Elle pleurait quand on se moquait d'elle.

Quand on l'embêtait.

L'enguirlandait.

L'engueulait.

La coinçait.

La pinçait.

La réveillait en sursaut.

La dérangeait aux cabinets.

La tirait par les cheveux.

Quand elle avait pris un coup de pied au derrière.

Qu'on lui avait collé le visage dans la poussière.

Qu'on lui avait tordu le bras à le casser.

Qu'elle avait pissé au lit tant elle avait peur, c'est-à-dire toutes les nuits, et qu'on l'avait laissée baigner dans son jus qui puait plus que le fumier.

Qu'on l'avait enfermée et qu'elle avait cogné contre la porte avec son crâne, encore et encore, sans qu'on veuille l'entendre, sans qu'on vienne lui ouvrir.

Sous l'effet de ces souvenirs, sa vue se brouilla. Emma se sentait mal.

« Je me suis cachée, continua-t-elle de raconter d'une voix tremblante, je me suis cachée pendant des jours entiers pour échapper aux coups et à la colère. Les adultes me croyaient disparue, j'aurais pu mourir de faim ou de soif. Personne ne s'en souciait, personne ne me cherchait. »

Emma resta un bon moment le regard perdu dans le vague. Sa vraie mère avait été une vieille truie, ses frères et sœurs des gorets qui couinaient et qu'on avait castrés. Mais enfin, elle avait au moins eu une famille. Une sorte de famille.

Après un long silence, Max lui demanda :

« Et ta mère ?

— Ma mère ? C'étaient des pas qui s'approchaient en grondant.

— Et ton père ?

— Mon père... des pas qui s'éloignaient lâchement. »

Max la prit dans ses bras d'un geste ferme.

« Ah ! ma petite chérie... »

Tout contre lui, Emma sentait son pouls battre en rythme et sa respiration était régulière. Le corps amaigri de Max était son point d'appui. Elle pouvait enfin donner libre cours à sa rage. Elle retrouvait une peur ancienne qu'il chassait de ses caresses. Elle cria tandis qu'il la tenait dans ses bras.

Ce soir-là, Emma alluma un feu de camp à l'endroit où la Ferrari avait brûlé. Elle jeta dans les flammes tout ce qui avait appartenu à son grand-père : les uniformes, la carte du Parti, les médailles et les bottes en cuir, enfin tout. Les cintres, les cuillères en bois, les ceinturons en cuir, la fourche. Au diable tout cela ! Elle ne savait absolument pas pourquoi elle avait conservé si longtemps toutes ces affaires.

« Tu devrais leur pardonner, suggéra Max.
— Non, déclara-t-elle. Pas question. Je ne pardonne pas. Je n'excuse pas. Ma rage me fait du bien. Elle n'est plus tournée vers l'intérieur, mais vers l'extérieur de moi-même. Je vais la laisser sortir pendant des années. Quand la plaie sera cicatrisée, alors je pardonnerai. Alors, je les excuserai. Mais pas avant. »

Ce qui ne brûlait pas, mais qu'elle ne pouvait plus voir devait dégager. Emma entassa le tout sur la benne à céréales – celle qui avait un piston pour le déchargement. Tout à coup, c'était pour elle un jeu d'enfant de se débarrasser de toutes ces cochonneries. Une fois la remorque pleine, elle attela le tracteur.

Quand elle traversa le village avec cette montagne de vieilleries, les grosses vaches se demandèrent ce qui pouvait bien se passer à la porcherie.

« La Emma, elle est sortie en combinaison. Elle a oublié sa blouse !

— Elle a tourné maboule !

— Ça, c'est la faute aux enchères.

— Du coup, elle se promène presque toute nue !

— Qu'est-ce que tu veux faire ? Quand t'as plus rien !

— Pourtant au bois... aide-moi un peu... derrière l'enclos – il paraît qu'y a un veuf avec cinq gosses.

— Ouais, mais enfin, il suce pas que des glaçons...

— C'est toujours mieux que rien.

— Et pourquoi que Henner, il la prend pas ?

— Il est quand même pas fou, Henner ! »

Emma se moquait bien de leurs ragots. Arrivée à la décharge, elle mit en marche le piston pour incliner la benne et enterrer ses ordures à jamais.

Les douleurs de Max étaient si fortes qu'il faillit en perdre connaissance. Elles le clouaient au sol. Recroquevillé sur lui-même, il gisait sur le carrelage de la cuisine. Il gémissait et chialait de se voir partir. Il pleurait à faire pitié. Avant qu'elle ne rentre, il réussit à se traîner jusqu'au lit. C'est là qu'elle le trouva, dormant à poings fermés.

Les jours suivants, il voulut rester couché à écouter du Händel. La musique avait été la consolation de ses parents. Ensemble, ils écoutaient des disques ou bien allaient au concert quand les mots ne suffisaient plus et que le mal de vivre prenait le dessus.

Les menuets de Mozart les égayaient. Les austères fugues de Bach remettaient de l'ordre dans leur existence. Les concertos pour trompette de Telemann leur rendaient la foi et Händel leur avait donné le sentiment d'être quelque chose de particulier. Il était rare qu'ils écoutent Beethoven ou Tchaïkovski parce que cette musique leur paraissait trop parfaite.

Quelques jours plus tard, en une journée de fin d'été, Max voulut partager cet héritage avec Emma. Il posa les baffles de la chaîne Hi-fi sur le rebord de la fenêtre, orientées vers l'extérieur. Il prit la *Watermusic* de Händel et chercha l'endroit qu'il aimait tellement, celui où l'on avait l'impression de voir le roi entrer d'un pas majestueux.

Dehors, il dégagea une bande rectiligne, écartant les seaux, les bassines et les outils. Il nettoya la cour avec un immense balai en ramilles, saisit un grand panier en osier et cueillit toutes les fleurs qu'il trouva dans le jardin et dans les champs environnants. Il fit un carnage. Puis il sema à tous vents ces fleurs sur le chemin qu'il avait tracé. En rentrant de promenade, Emma n'en crut pas ses yeux. Que se passait-il ?

Il avait déniché une centaine de blouses dans la chambre à coucher – celles d'Emma, celles de sa mère et celles de sa grand-mère. Il avait aussi trouvé une ceinture de son père.

« Qu'est-ce que tu fais ?

— Viens, lui lança-t-il, viens ! »

Max passa la ceinture à travers les manches de chacune des blouses. Puis il la fixa autour des hanches d'Emma. Serrées les unes contres les autres, les blouses formaient une énorme jupe de toutes les couleurs. Bouffante comme une crinoline. Si longue qu'elle traînait élégamment sur le sol.

Emma avait l'impression d'être sur une scène ou dans un défilé.

Pour finir, Max lui posa une couronne de fleurs sur la tête et il se retira. Interloquée, Emma riait encore de cette idée loufoque lorsque la musique se fit entendre. Celle-ci retentit à travers la ferme, forte, très forte.

Alors, restée seule dans une jupe imposante et avec une couronne sur la tête, Emma s'avança avec prudence sur le tapis de fleurs au son de la *Watermusic*.

Les animaux s'approchèrent et s'arrêtèrent au bord du chemin. Chacun d'eux voulait la voir et jeter un coup d'œil sur sa jupe. Les poules, le coq, les cochons, la vache, le chien. Emma était touchée. Elle avait l'impression de vivre un moment solennel. Elle ne marchait pas simplement, elle traversait son petit peuple avec dignité. Elle se sentait moins lourde, plus chaude. Elle leva le menton avec fierté. Libérée d'un poids, elle laissa retomber ses épaules. Son corps se détendait. Sa poitrine se tourna vers le soleil. Emma emplit ses poumons d'air frais. Son cœur battait en cadence. Sa peau se tendit.

À l'extrémité du chemin, ses jambes étaient très légères. Elle revint sur ses pas, d'abord avec lenteur, puis de plus en plus vite. Sa jupe flottait au vent quand retentit le tambour. Les blouses multicolores s'ouvrirent comme des pétales. Emma se mit à danser les bras grands ouverts, elle tourna sur elle-même aussi longtemps que dura la musique.

De même que jusqu'alors Max ne connaissait pas la terre, la saleté, le sang ou les larmes, de même Emma n'avait jamais entendu parler de musique ou de danse. Son univers se limitait aux cochons. Soudain il s'élargissait. Emma restait sauvage, mais à l'intérieur d'elle-même elle se sentait plus calme, plus tranquille et plus sûre. Leurs merveilleuses discussions sur tout et rien la rendaient radieuse, ce qui ravissait Max, qui avait l'impression de n'avoir pas vécu pour rien.

Il triompha plus encore le lendemain de Händel car Emma fit un grand pas sur le chemin de la féminité en constatant qu'elle n'avait rien à se mettre.

Elle partit en ville, entra dans le plus grand et le plus beau magasin et s'adressa à une jeune vendeuse rousse. Elle lui glissa dans la main tout l'argent dont elle disposait et lui demanda :

« Est-ce que vous pourriez m'arranger ? »

Elles mirent à sac le rayon de lingerie et de vêtements féminins. Emma essayait tout ce que la vendeuse lui proposait. Elle choisissait ceci, refusait cela. Cette séance ne changea pas grand-chose à son amour des couleurs vives, mais du moins n'étaient-ce plus des blouses. Elle fut bientôt rhabillée. Elle offrit la combinaison de sa grand-mère à la vendeuse qui la remercia d'un « Oh ! chouette alors... »

Même Hans remarqua le changement en arrivant à la ferme. Max était endormi et n'avait pas entendu sa voiture. Le vendeur d'automobiles et la fermière se saluèrent comme de vieux potes.

« C'est bon, nous avons lancé *happy pork*. On va faire un malheur, je te dis pas ! Un malheur !

— Je ne sais pas de quoi tu parles.

— Nous proposons une franchise aux éleveurs... à des collègues à toi qui acceptent d'élever et de tuer les porcs selon ta méthode. On garantit que les cochons se la coulent douce comme dans ta ferme, qu'ils vivent heureux et qu'ils meurent contents. La viande de nos bêtes est de la super qualité : ferme, bien rouge, très goûteuse. Pas trafiquée. Du coup, on la vend trois fois plus cher. J'ai fait un dépôt de marque pour être sûr.

— Et qu'est-ce que j'ai à voir avec tout ça ?

— Toi ? »

Max fit un grand sourire.

« Tu vas pouvoir en vivre ! »

Emma ne le croyait pas. Il lui donna une avance. Emma prit l'argent, mais ne le croyait toujours pas. Elle allait lui rendre les dollars. Elle voulait lui parler des saucissons dans lesquels ils étaient enfouis quand Hans lui demanda où était Max.

Lorsqu'il revint à la cuisine, une heure plus tard, les muscles de son visage tremblaient, mais il ne versa pas une larme. Il dit simplement :

« Aide-le. »

Il sortit et Emma le vit frapper du poing sur le toit de l'auto, puis s'appuyer un moment contre la portière et enfouir sa tête entre ses mains. Au bout d'un moment, il monta en voiture et démarra.

Le soir, Emma et Max étaient assis dans la véranda, emmitouflés dans des couvertures en laine. L'air rafraîchissait. Max demanda :

« Tu sais où c'est, le Mexique ?

— Je suis enfin allée en ville. Il ne faut tout de même pas trop m'en demander ! »

Alors il lui parla de ce pays, des gens qui y vivaient, de l'île où il avait séjourné, de la plage, de la case maya.

« On n'irait pas là-bas, ensemble ? » suggéra-t-il.

Il lui décrivit comment les pélicans attrapaient les

poissons dans le golfe du Mexique. Emma remarqua que cela lui faisait du bien d'en parler. Elle lui accorda ce petit plaisir et fit avec lui des projets de voyages bien qu'elle sût qu'ils ne partiraient jamais ensemble.

Les fermiers du village avaient déjà rentré les blés. Il n'avait pas échappé à Henner que les betteraves d'Emma étaient toujours en terre et qu'elle n'avait pas fait les foins. Depuis un bon moment, on n'entendait plus la mobylette et les enfants ne revenaient plus de sa ferme avec leurs saucissons.

Curieux et inquiet à la fois, il lui rendit visite. Lorsqu'il entra dans la maison, il n'en crut pas ses yeux. Tout était propre et rangé. Emma était métamorphosée. Elle était toute calme.

« Qu'est-ce qui t'arrive ?

— Je range, Henner. Je dois quitter ma ferme. Ou bien est-ce que j'ai gagné au loto ?

— Non. Malheureusement.

— Tu vois ! Donc il faut d'abord que je range.

— Tu ranges ? Mais depuis quand tu ranges ? Ça t'est jamais arrivé !

— Calme-toi, Henner. »

Elle le prit dans ses bras et le serra contre elle. Il n'en revenait pas. Elle n'avait encore jamais fait ça non plus. Ces tendresses tout à coup, et puis le thé l'autre jour, ou cette musique que tout le village avait entendue, plus toute cette propreté !

« Tu étais mon seul ami, Henner. C'était toi le meilleur.

— Pourquoi *c'était* ? »

Elle ne répondit pas. Il se plia à sa volonté et quitta la ferme comme elle le désirait.

Elle n'avait plus envie de voir qui que ce fût. Surtout pas la boulangère et encore moins la mère de Henner. C'est pourquoi elle allait maintenant faire ses emplettes au village voisin.

Dans le grenier, elle avait trouvé une vieille valise en cuir marron fermée par une ceinture. Elle la nettoya et la cira avec soin jusqu'à ce qu'elle eût une apparence convenable. Elle y mit tout ce qu'elle voulait emporter.

Pendant ce temps, Max gardait le lit, le visage déformé par la douleur, le regard tourné vers la fenêtre.

Pour le distraire, elle lui demanda :

« Tu as déjà eu un animal domestique ?

— Non, jamais, répondit-il, heureux qu'elle le fasse penser à autre chose. Ma mère avait peur que je m'y habitue, que je me mette à l'aimer, et que quand il... »

Il fut pris de peur.

... mourrait, partirait, finit Emma en son for intérieur. Pourquoi n'arrivons-nous pas en parler ? Pourquoi ne dit-il pas « mourir » ?

« Ah si ! »

Quelque chose lui était revenu.

« J'en ai eu un d'animal domestique. »

Elle restait derrière la porte de l'armoire pour qu'il ne vît pas ses larmes.

« C'était un ver solitaire ! Il est sorti de mon ventre. C'est moi qui lui ai donné le jour, aux toilettes. J'avais cinq ans. Ça a duré une éternité, au moins un quart d'heure, avant qu'il soit dehors. »

Là, elle fut obligée de rire.

« Tu as mis au monde un ver solitaire ?

— Oui, et pas un petit ! Un de plusieurs mètres.
— Beurk ! » dit-elle en riant.

Depuis qu'il était là, moins de choses le dégoûtaient.

Elle lui fit un bon bouillon et lui donna à manger car il était à bout de forces. Ensuite, elle l'enveloppa dans d'épaisses couvertures et le porta jusqu'à la véranda, son endroit préféré. C'était la fin de l'après-midi. Des insectes bourdonnaient dans l'air encore chaud. Quelques arbrisseaux avaient recommencé à fleurir.

Emma lui tourna le dos, se tint à la balustrade et regarda dans le jardin.

« Qu'est-ce que c'est ?
— Un cancer.
— Comment tu le sais ?
— J'ai été chez le médecin.
— On peut encore y faire quelque chose ?
— Non.
— Combien de temps te reste-t-il ?
— Ça peut venir à tout moment.
— Tu as mal ?
— Très mal.
— Qu'est-ce que je peux faire pour toi ? »

À ce moment-là, elle se retourna et soutint son regard.

« Aide-moi, Emma. Aide-moi. »

Emma et Max n'apprirent qu'à la mairie leur nom de famille. L'officier d'état civil, en costume du dimanche, tenait un livre noir dans les mains :

« Vous allez vous appeler tous les deux *Wachs* ?

— Oui », répondit Emma qui portait déjà ce nom. Max intervint.

« Quoi ? *Wachs* ? Je vais m'appeler *Wachs* ? »

Emma haussa les épaules.

« Et alors ? Les hommes peuvent aussi prendre le nom de leur femme !

— D'accord, mais enfin, je vais m'appeler *Max Wachs*. Ça sonne comme... *Max Wachs*, on dirait un chien qui aboie.

— Oui », fut-elle obligée d'admettre.

Elle chercha une solution.

« Tu n'as qu'à porter les deux noms. »

L'officier d'état civil jeta un regard dans son dossier et essaya en vain d'étouffer un fou rire. Des larmes lui coulèrent sur les joues. Au bout d'un moment, il se ressaisit et déclara :

« *Bienen-Wachs*. »

Aussitôt, il se remit à rire car cela voulait dire « cire d'abeille ».

Emma était déconcertée.

« Tu t'appelles *Bienen* ?

— Bien, nous prendrons donc le nom de Monsieur. Ni l'époux ni l'épouse n'auront de nom composé... Monsieur et madame Bienen, mes félicitations. »

Alors, Emma Bienen se fit faire en urgence le premier passeport de sa vie et Max réserva un vol pour Cancún, au Mexique, aller simple.

Il avait terriblement maigri. Emma le porta sur le seuil de leur maison. Une nouvelle vague de douleurs lui traversa le corps sans vouloir prendre fin. Il se mit à trembler dans ses bras, ses yeux jaunes se révulsèrent, il vomit sur la robe de mariage.

« Excuse-moi.

— C'est la dernière fois que tu t'excuses quand tu vomis, d'accord ? »

La maladie se comportait en despote, elle dominait toutes les parties de son corps. Max n'arrivait plus à bouger le bras, il était juste pris de spasmes. Ses yeux ne voyaient plus rien. Ses intestins galopaient sous les coups de fouet de la douleur.

De temps en temps, Max avait des moments de répit. Pendant un instant, il était comme avant. Alors, Emma plaisantait, elle disait « *Bienenwachs* » et il rigolait. Il caressait ses seins et elle son pénis. Celui-ci aurait bien pris encore un peu de plaisir, mais il restait flasque comme un vieux pépère qui préfère ne pas sortir de son fauteuil.

Puis les souffrances revenaient et martyrisaient Max plus que jamais. Elles le brûlaient vif. Il ne disait plus rien, il n'espérait plus rien, il ne voulait plus rien, il ne vivait plus. Mais il hurlait comme jamais. Ses regards implorants criaient au secours.

« Qu'est-ce que je peux faire ? » désespérait Emma – qui le savait depuis longtemps.

Elle le porta dans la cour et s'assit en dessous du palan. Elle l'allongea sur les pavés en basalte et posa sa tête sur ses cuisses. Elle lui passa les mains dans les cheveux et sur les tempes, sans s'arrêter. Elle le caressait, lui donnait de petites tapes douces et lui parlait. Mais il n'entendait plus ses paroles. Il respirait avec peine, comme un poisson hors de l'eau. Ses paupières battaient. Au prix d'un terrible effort, il ouvrit les yeux et regarda Emma.

De son bras droit, elle le souleva au niveau des épaules. Elle n'y arriverait pas. Elle l'allongea à nouveau. Elle n'y arriverait pas. Personne ne pouvait y arriver. Emma pencha la tête, ses larmes tombaient sur la chemise de Max.

Celui-ci eût un râle et fut pris d'un spasme. Il la chercha de la main et lui toucha le genou. Il le caressa. Il le saisit. Il s'y agrippa.

Soudain, le coq s'élança à toute allure à travers la ferme. Comme chassé par une présence invisible, il courait aussi vite que possible. Il battait si fort des ailes qu'il parvint à s'élever quoiqu'elles fussent rognées et il fit un tour complet autour du châtaignier avant de retomber par terre rempli d'effroi.

Alors Emma saisit son long couteau aiguisé et, sans hésitation, transperça enfin la gorge de Max d'un geste rapide et précis. Il poussa un petit cri et se calma aussitôt. Emma tremblait d'angoisse et d'horreur. Le sang jaillit hors de la plaie. Elle tenait fermement le corps et se mit à compter au milieu de ses larmes :

« Un, deux, trois, quatre, cinq, six, sept, huit. »

Emma avait eu tellement peur qu'il ressente autre chose que les cochons. Tellement peur ! Mais maintenant, il gisait sans vie dans ses bras, son sang coulait par terre et s'infiltrait entre les pavés.

Max avait fermé les yeux. Emma sanglotait. Tremblante, désespérée, elle récita :

« Merci de m'avoir tenu compagnie. Je t'aimais, je t'aimais tant. Ça ne fait pas mal, tu vois. Je t'avais promis que cela ne ferait pas mal. Au revoir, Max. Au revoir, mon petit Max. »

C'était le plus grand effort qu'elle eût jamais fourni. Aucun cochon n'avait pesé autant, aucun grand-père n'avait été aussi cruel. Comme elle avait eu du mal à se priver de ce qu'elle avait de plus précieux au monde ! Et pourtant, elle savait qu'elle avait eu raison. Aucun homme ne devrait mourir dans des conditions pires que celles d'un cochon.

Elle reposa le couteau ensanglanté. Plus jamais elle ne tiendrait un couteau dans les mains, plus jamais.

Elle monta le corps de Max dans son lit, lui croisa les mains sur la poitrine et le recouvrit avec tendresse.

Elle se lava, jeta ses vêtements tachés, s'habilla et prit la valise qu'elle avait préparée. Elle la posa dans son tracteur.

Ensuite, elle courut vers la porcherie, ouvrit portes et barrières, fenêtres et lucarnes. Elle donna une dernière tape à la vache, embrassa la vieille truie, le puissant verrat et chacun des cochons. Enfin, elle prit congé de son coq. Mais celui-ci ne fit pas entendre un cri. Tous les animaux se taisaient. Même les oiseaux. Même le vent.

Emma monta sur son tracteur et quitta la ferme. À côté de l'accélérateur, dans la crasse, elle aperçut une dernière tête-de-nègre. Elle la ramassa et la jeta derrière elle. Ce geste arracha les bêtes à leur torpeur. Les poules se ruèrent dessus. Seul le coq resta immobile. Il poussa un cocorico en guise d'adieu. Ah ! quand même..

Peu après, Henner fut informé qu'un tracteur originaire de son secteur, immatriculé HOG – CK 58, était garé à l'entrée de l'aéroport. Il fit savoir que quelque chose ne collait pas. Il connaissait la propriétaire et il était exclu qu'elle aille à l'aéroport sur son vieux tracteur. Absolument exclu.

Au même moment, sa vieille mère entra dans le commissariat et se mit à hurler que le verrat dégueulasse d'Emma avait retourné, oui ravagé le beau jardin devant sa maison. Et que son coq venait juste de s'en prendre à la poule préférée de la boulangère.

Une fois de plus, Henner ne put empêcher sa mère d'enfumer l'intérieur de son véhicule de police. Lorsqu'ils arrivèrent à la ferme, il lui ordonna néanmoins d'une voix menaçante :

« Tu restes à l'arrière ! C'est mon boulot, compris ? »

Surprise, sa mère poussa un grognement et se roula une nouvelle clope alors qu'elle n'avait pas encore fini l'autre.

Dans la chambre à coucher, Henner découvrit le carnage. Emma avait donc mis ses menaces à exécution. Quelqu'un était venu visiter la ferme pour la vente aux enchères et il avait eu affaire à elle comme elle l'avait promis. « Celui qui me prend ma ferme, je l'abats comme un cochon. »

Elle lui avait tranché la gorge, tué comme un porc. Henner était ébranlé. Il redescendit dans la cuisine, puis s'assit le temps de se calmer et de réfléchir à ce qu'il devait faire.

Enfin, il retourna à la voiture et, par radio, il demanda à Karl de venir, mais si possible sans sirène.

Sa mère tendait l'oreille. Il s'était passé quelque chose ! Elle resta assise sans rien dire et sans broncher. Henner était si excité qu'il avait presque oublié sa présence.

Karl arriva peu de temps après et les deux hommes entrèrent dans la maison. La vieille se dégagea tant bien que mal du véhicule. Elle découvrit la mare de sang en dessous du palan. Elle vit le couteau, le ramassa et le regarda longuement.

En haut, Karl se tenait devant le lit.

« Aïe aïe aïe..., fit le pompier en voyant le cadavre. On dirait qu'il est mort.

— Jusque-là, tu as raison, Karl. Mais qu'est-ce qu'on fait de lui ?

— Elle est partie, Emma ? »

Henner répondit d'un hochement de tête.

« Et celui-là, c'est qui ? »

Henner haussa les épaules. Karl fit un geste qui voulait dire : « Tu ne sais jamais rien. » Puis il demanda :

« Tu sais ce que je crois ?

— Non, quoi ?

— Ton Emma, elle a déguerpi. Mais auparavant, elle l'a zigouillé.

— C'est ce que je crois aussi. Parce qu'il voulait sa ferme. Alors elle l'a abattu. Même qu'elle m'avait prévenu. »

Karl regarda Henner avec effroi :

« Elle t'avait prévenu ?

— Ouais.

— Et toi...

— Moi, j'ai pensé... Je veux dire, je savais bien qu'elle en était capable. Mais de là à ce qu'elle le fasse... »

À nouveau, Karl secoua la tête. Il se pencha au-dessus du cadavre et l'examina. En tant que pompier, il avait appris beaucoup de choses sur le corps humain et sur la réanimation, et il avait déjà vu beaucoup de morts. Sur l'autoroute, sur la nationale, coincés dans leur voiture. Il n'avait pas peur des cadavres. Il regarda de plus près la dépouille à la gorge tranchée.

« Plus que la peau sur les os. La jaunisse. Le ventre gonflé. Cet homme était malade. Sur le point de mourir. »

Dans la poche du pantalon, Karl trouva ses papiers : « Max Bienen. »

La mère de Henner s'était faufilée sans bruit à l'intérieur de la maison. Elle s'était arrêtée devant la première marche de l'escalier en bois et elle tendait l'oreille. Elle tenait toujours le couteau à la main.

« Tu n'as qu'à demander à la centrale qui c'est et s'il est recherché. Puis lance tout de suite un avis de recherche contre Emma.

— Non, je ne peux faire ça, déclara Henner. Je ne peux pas l'arrêter. Après, on va l'accuser. Elle va passer au tribunal – pour meurtre ou quelque chose dans le genre. Et elle va finir sa vie au trou. Non, pas Emma. Elle en crèverait.

— Ils en crèvent tous.

— Mais je ne veux pas, pas Emma ! Lui là – Henner désignait Max –, il était malade, à ce que tu dis. Elle lui a rendu service, elle l'a... elle l'a...

— C'était un abattage forcé.

— Oui, c'est ça. Un abattage forcé. »

Henner renifla. Ça sentait la nicotine ? En effet ! Sa mère se tenait en travers de la porte et s'écria de sa voix asphaltée :

« Alors elle a zigouillé quelqu'un, la salope. C'est ça, hein ? Elle est bonne pour faire de la tôle, non ? Eh bien, en voilà une nouvelle ! »

En deux pas, Henner était auprès d'elle. Il lui saisit la main dans laquelle elle tenait le couteau et lui dit d'une voix tranchante :

« Ça, maman, c'est l'arme du crime. Et les seules empreintes qu'il y aura dessus, ce sont les tiennes. »

Elle dévisagea son fils. Comment osait-il lui faire ça ? Mais lui, il continuait de lui serrer le poignet et cria à l'attention de Karl :

« Tu as vu l'arme du crime, dans sa main ?
— Ouais, murmura l'autre. Elle est prise sur le fait.
— Ça va pas, vous deux ? » hurla la vieille.

Mais Henner ne la laissa pas continuer :

« Encore un mot, juste une parole de trop, et c'est toi que je colle au trou. Tu m'as compris ? »

Pour une fois, elle se tut.

« Et maintenant, dégage ! »

Et pour une fois, elle sortit.

Karl hocha la tête en signe d'admiration.

Henner, qui se sentait pousser des ailes, décréta :

« On ne lance pas de mandat contre Emma.
— Et qu'est-ce que tu veux faire ? C'est notre devoir. »

Henner se débattait comme seul un ami en est capable :

« Avec le Barbu, à l'époque, t'as fait ton devoir.

Mais ce n'était pas bien. Alors ce coup-ci, t'as qu'à faire l'inverse. Pas ton devoir, mais quelque chose de bien. »

Karl inspira profondément et approuva en remuant la tête :

« D'accord, quelque chose d'illégal. Mais quoi ?

— L'autre là, il est parti. Mort. On ne peut plus rien pour lui. Mais personne n'est obligé de savoir qu'il s'est par hasard vidé de tout son sang. »

Karl secoua à nouveau la tête sans rien dire.

Henner informa la centrale qu'un dénommé Max Bienen avait été retrouvé mort dans un lit.

Y avait-il des indices d'intervention extérieure ?

« Non », répondit Henner.

Le cadavre présentait-il des blessures apparentes ?

« Non, répéta Henner.

— Aucune », confirma Karl.

Et comme le policier et le pompier étaient des fonctionnaires dignes de confiance, on ne prit pas la peine de se déplacer et de faire une autopsie. Henner se ferait remplir un certificat par le médecin du coin. Il l'avait déjà arrêté si souvent en état d'ébriété au volant de son véhicule... Qu'est-ce qu'un médecin de campagne sans permis ? Donc...

« Et s'ils font ouvrir le cercueil ?

— Qui ?

— Je ne sais pas, quelqu'un.

— On n'a qu'à lui mettre un col roulé ! » décida Henner.

On déposa Max en bière et on le conduisit en ville, son lieu de résidence. Hans lui avait acheté un emplacement à côté du tombeau de ses parents. C'est lui aussi qui le fit enterrer.

Henner trouva un message d'Emma sur lequel il était écrit que les saucissons frais appartenaient au garage Hilfinger. Mais comme Henner ne les trouvait pas assez secs, il en fit parvenir d'autres à Hans.

Henner et Karl restèrent les meilleurs amis du monde. La mère du policier n'avait plus le droit de fumer que dans le jardin. Et le pompier ne se faisait plus de reproches à cause du Barbu.

Comme chaque année, Karl et les pompiers bénévoles organisèrent une action caritative en faveur de la Biélorussie. Henner et lui décidèrent d'y envoyer les blouses d'Emma, son vieux linge, ses jambons et ses derniers saucissons. C'est ainsi que dans mainte famille russe, la Noël apporta des rouleaux de dollars emballés dans de la charcuterie. Quel étonnement, quelle joie, quelle fête ! L'argent était retourné d'où il venait, mais il était tombé dans les mains de gens qui en avaient plus besoin que celui à qui il appartenait. Dans plus d'un foyer de Biélorussie, on but à la santé du noble donateur en lui souhaitant une vie longue et heureuse.

Emma demeura à jamais au Mexique. Mais sans doute les vœux des Biélorusses l'y avaient-ils accompagnée, car quelques mois après son arrivée elle mit au monde une petite fille en bonne santé. Le concept d'*happy pork* la nourrit pour le restant de ses jours.

Et quand elle voyait des pélicans, Emma savait que Max aussi avait commencé une vie nouvelle, dans un corps sain, dans un nouveau monde.

Sans vous...

Merci à tous mes amis pour les conseils, les encouragements et les critiques dont ils m'ont fait profiter pendant que j'écrivais ce livre. Je remercie tout particulièrement Peter Schreiber et Marianne Schönbach, qui ont lu de nombreuses pages du manuscrit.

Merci à mes parents pour tout ce qu'ils m'ont montré ou raconté au sujet de l'élevage des cochons.

Merci à Bettina Woernle qui a mis à ma disposition pendant plusieurs semaines sa maison de San Fiorino où je me suis retirée pour écrire.

Merci à Ilona et Eckhard Dierlich pour leurs renseignements dans le domaine médical et à Waltraut Dennhardt-Herzog pour les intonations autrichiennes de Dagmar.

Merci à Erika Sommer, une vraie représentante du Nord de la Hesse, pour l'histoire du *petit veau ou de l'infarctus* qu'elle m'a racontée il y a plusieurs années.

Un grand merci à mon agent, Erika Stegmann, qui a toujours cru en cette histoire.

Merci surtout à ma lectrice, Maria Koettnitz, qui a fait d'un manuscrit un livre et à qui je dois d'avoir un public – il n'y a pas de plus grand bonheur pour une « *Schreiberin* ».

Vous pouvez joindre l'auteur à l'adresse suivante :
www.schreiber-werkstatt.de

Pouvoir buller tranquille

Récit d'un branleur
Samuel Benchetrit

Roman Stern n'a pas de boulot, pas de femme, pas d'amis... lui, ce qu'il aime, ce sont les petits plaisirs : la cigarette du matin, lire les faits divers et surtout l'onglet échalotes. Mais il y a toujours un dingue ou un dépressif pour lui gâcher la vie en lui racontant ses malheurs. Aussi, quand il hérite d'une somme bien rondelette de sa tata alcoolique, Roman décide de créer la Société des plaintes. Il va toucher des honoraires pour ne rien faire, écouter les problèmes des autres et se taire... Mais est-ce une si bonne planque ?

(Pocket n° 11212)

Il y a toujours un Pocket à découvrir

Au pays des *froggies*

God save la France
Stephen Clarke

Paul West, 27 ans, superbe échantillon d'Anglais typique, à mi-chemin entre Hugh Grant et David Beckam, se retrouve projeté dans un monde étrange et parallèle... la France. Venu pour des raisons professionnelles, très enthousiaste à l'idée de pouvoir assouvir dans ce pays du raffinement sa passion pour les dessous féminins, ce jeune cadre dynamique atterrit en fait les deux pieds dans les déjections canines ornant les trottoirs de la capitale, ne sachant plus où donner de la tête entre Parisiens de mauvaise humeur, serveurs agressifs et méthodes de travail laxistes. Et il n'est pas au bout de ses surprises...

(Pocket n° 13065)

Il y a toujours un Pocket à découvrir

Puggy chez les tueurs

Gros problème
Dave Barry

Dans le quartier de Coconut Grove, à Miami, Puggy le vagabond trouve un emploi au bar Jolly Jackal. Un emploi qui consiste plutôt à transporter des valises qu'à remplir des verres, le bar faisant office de couverture à deux Russes adeptes du trafic d'armes. Puggy ignore que l'arbre où il vit se trouve sur la propriété d'Arthur Herk, un cadre corrompu qui commande des armes aux Russes. Mais lorsque Penultimate SA, la société pour laquelle travaille Herk, se rend compte de ses manœuvres et engage deux tueurs à gages, Puggy est embarqué malgré lui dans l'affaire...

(Pocket n° 11524)

Il y a toujours un Pocket à découvrir

Faites de nouvelles découvertes sur **www.pocket.fr**

- Des 1ers chapitres à télécharger
- Les dernières parutions
- Toute l'actualité des auteurs
- Des jeux-concours

Il y a toujours un **Pocket** à découvrir

*Cet ouvrage reproduit par procédé photomécanique
a été achevé d'imprimer sur les presses de*

BUSSIÈRE
GROUPE CPI

*à Saint-Amand-Montrond (Cher)
en janvier 2007*

POCKET - 12, avenue d'Italie - 75627 Paris Cedex 13

— N° d'imp. 62039. —
Dépôt légal : janvier 2007.

Imprimé en France